Le bébé de l'ennemi

MICHELLE SMART

Le bébé de l'ennemi

Traduction française de
ISABELLE DONNADIEU

AZUR

HARLEQUIN

Collection : Azur

Titre original :
CLAIMING HIS BABY AT THE ALTAR

HARPERCOLLINS FRANCE
83-85, boulevard Vincent-Auriol, 75646 PARIS CEDEX 13
Service Lectrices — Tél. : 01 45 82 47 47 - www.harlequin.fr
ISBN 978-2-2804-8143-4 — ISSN 0993-4448

Composé et édité par HarperCollins France.
Imprimé en décembre 2022 par CPI Black Print (Barcelone)
en utilisant 100% d'électricité renouvelable.
Dépôt légal : janvier 2023.

MIXTE
Papier issu de sources responsables
FSC® C159065

Pour limiter l'empreinte environnementale de ses livres, HarperCollins France s'engage à n'utiliser que du papier fabriqué à partir de bois provenant de forêts gérées durablement et de manière responsable.

1.

Aveuglée par les flashs des appareils photo, Flora Hillier regarda droit devant elle et ignora les questions que lui posait la horde de journalistes qui se bousculaient. Un micro effleura sa joue, un autre heurta son épaule, mais elle se força à rester impassible. Hors de question de donner à ces vautours la satisfaction de la voir flancher.

Les quelques marches à grimper pour pénétrer dans le tribunal étaient larges mais peu profondes, et elle pria pour ne pas trébucher. En haut de l'escalier, les doubles portes s'ouvrirent devant elle, et elle se dépêcha d'entrer.

Le silence qui régnait à l'intérieur du bâtiment contrastait avec les cris et les hurlements qu'elle venait d'endurer, et la rassura aussitôt. Elle enleva ses lunettes de soleil, puis passa une main sur le bas de son dos douloureux. La souffrance avait été si forte, cette nuit, qu'elle l'avait réveillée. Elle prit ensuite une profonde inspiration pour rassembler ses forces avant de poser son sac sur le tapis roulant et de passer sous le portique de sécurité.

Un tel niveau de sécurité était-il habituel au tribunal pénal de Monte Cleure ou avait-il été élevé spécialement pour Ramos ? Sans doute certaines personnes seraient-elles très heureuses de s'en prendre au riche espagnol et, pour être honnête, c'était son cas, du moins en ce moment.

Ramos était donc ici, dans ce bâtiment, et bientôt, très bientôt, elle le verrait. Plus important encore, lui la verrait.

Elle s'approcha de la réception et tendit son passeport à une jeune femme qui la scruta.

— Regardez vers la caméra, s'il vous plaît, lui ordonna celle-ci en pointant un doigt vers le haut.

Flora leva les yeux vers le petit boîtier rond fixé au-dessus du guichet et, quelques minutes plus tard, la jeune femme lui tendit un laissez-passer avec son nom et sa photo.

— Vous pouvez vous diriger vers la quatrième chambre.

— Merci.

Son laissez-passer autour du cou, elle pénétra aussitôt dans la salle d'audience.

Justin était déjà là, assis entre ses avocats.

Il la salua d'un sourire las, et elle lui fit un petit signe de la main avant de s'installer sur le siège indiqué par l'un des avocats et de se frotter à nouveau le bas du dos.

Aujourd'hui était la première journée du procès à l'issue duquel, s'il était reconnu coupable, Justin risquait de passer vingt ans derrière les barreaux.

Les autorités de Monte Cleure n'accordaient de réduction de peine pour bonne conduite que dans des circonstances exceptionnelles et, curieusement, ces circonstances exceptionnelles ne semblaient s'appliquer qu'aux personnes extrêmement riches. Or Justin n'était plus riche. Ramos s'en était assuré. Il s'était aussi assuré que les preuves contre Justin étaient solides et avait délibérément choisi de porter plainte auprès des autorités de Monte Cleure.

Flora craignait plus que tout que Justin ne soit condamné à la peine maximale, non seulement parce qu'il était coupable du vol d'un million de dollars mais également parce qu'il était désormais accusé de fraude.

Tout cela à cause de Ramos.

À propos, où se trouvait-il en ce moment ? Sans doute était-il avec ses avocats. L'ambiance dans son camp devait être moins résignée que dans celui de Justin. Ramos devait même être impatient de voir Justin non seulement puni, mais à terre.

Elle avait envie de pleurer. Malheureusement, elle avait

tellement pleuré, au cours des derniers mois, que ses yeux étaient aujourd'hui désespérément secs. Plus aucune larme ne coulait.

Un huissier entra dans la salle d'audience.

Voilà, il était l'heure.

Malgré sa fatigue, elle se leva et, fixant le visage décharné de son frère, se força à ne pas faiblir et à ignorer le fait qu'elle ne le reverrait peut-être pas avant longtemps. Elle lissa sa cravate, pourtant parfaitement en place, essuya une tache imaginaire sur le revers de sa veste, puis déposa un baiser sur sa joue.

— Je t'aime, murmura-t-elle à l'homme qui avait été pour elle davantage un père qu'un frère.

— Je t'aime aussi, répondit-il avec un sourire triste.

Il n'y avait rien d'autre à ajouter.

Le silence qui régnait dans les couloirs à son arrivée était désormais rompu. Les journalistes étaient des dizaines. Il était rare que le tribunal de Monte Cleure soit le théâtre d'une audience aussi médiatisée. La presse locale se concentrait d'habitude sur les frasques de sa famille royale et des riches habitants de ce petit paradis ensoleillé.

Lorsque Flora pénétra dans la tribune destinée au public surplombant la salle d'audience, les journalistes y étaient déjà nombreux, attendant avec impatience l'apparition de l'attraction vedette.

Ils n'eurent pas à attendre bien longtemps. Le camp de l'accusation fit bientôt son apparition et, entre les avocats, apparut la grande silhouette d'Alejandro Ramos, magnifique dans son costume bleu marine et sa chemise grise, ses épais cheveux bruns coupés court.

À sa grande surprise, elle sentit son cœur se serrer dans sa poitrine.

Elle plaça ses mains tremblantes sur son ventre et respira profondément. Aucune raison de paniquer, sa réaction était tout à fait normale. Après tout, la dernière fois qu'elle avait vu Ramos, il l'avait embrassée passionnément.

L'homme s'installa au milieu des avocats, et un sentiment de haine l'envahit. Enfin ! Elle préférait de loin ce sentiment.

Regarde-moi, l'exhorta-t-elle en silence.

L'avocat assis à sa droite lui chuchota à l'oreille. Ramos pencha la tête pour mieux entendre et acquiesça avec un sourire. Comment pouvait-il sourire alors qu'il était sur le point de condamner son meilleur ami à des années de prison ?

Regarde-moi.

Le juge pénétra dans la salle, et tout le monde se leva. Puis il s'assit, et le tribunal l'imita. Sauf elle. Le regard fixé sur Ramos, elle demeura debout.

Regarde-moi, salaud.

Comme s'il sentait le poids de son regard, il tourna soudain la tête vers la galerie, et vers elle.

Elle avait choisi ses vêtements avec soin, ce matin, optant pour une simple robe d'été couleur crème qui épousait parfaitement ses formes. Elle ne voulait rien qui puisse détourner le regard de Ramos de son ventre rond.

Pendant un bref instant, les yeux de celui-ci s'accrochèrent aux siens, puis il tourna la tête, comme s'il ne l'avait pas vue.

Une vague de désir la traversa, aussi inattendue et effrayante que la douleur qu'elle avait ressentie dans son cœur lorsqu'elle avait posé le regard sur lui, quelques secondes plus tôt. Elle avala sa salive pour ne pas faiblir et resta debout.

Une seconde plus tard, elle vit Ramos se figer puis, lentement, tourner à nouveau la tête vers elle.

Elle serra les dents pour tenter d'empêcher toute émotion de se peindre sur son visage et pointa ses deux index vers son ventre.

S'il regardait attentivement, il verrait son ventre rond et peut-être même le renflement du pied de leur enfant qui était en train de lui donner des coups.

Si la situation de son frère n'avait pas été aussi désespérée, Flora aurait presque pu être heureuse que le procès débute enfin.

Le procureur se leva et prononça quelques mots.

Malheureusement, elle ne comprit pas car l'homme parlait en français. Ramos aurait dû comprendre, s'il avait écouté, mais elle était prête à parier que pas un seul mot n'avait pénétré son cerveau.

L'homme confiant et arrogant qui était entré dans la salle d'audience semblait tout à coup en état de choc. Le pauvre... Elle avait presque de la peine pour lui.

Lorsque le procureur se rassit, elle posa à nouveau les yeux sur Ramos. Il semblait troublé. Elle le vit chuchoter à l'oreille de l'homme à côté de lui, qui à son tour chuchota à son voisin jusqu'à ce que les chuchotements atteignent le procureur, qui se releva et se dirigea vers Ramos. Après avoir discuté avec lui, à voix basse, pendant quelques minutes, Ramos griffonna quelques mots sur un morceau de papier que l'huissier remit au juge. Celui-ci le lut, puis se leva et s'adressa à la cour avant de quitter la salle.

Aussitôt, les conversations reprirent dans la salle d'audience ainsi que dans la tribune, comme un bourdonnement qui lui donna la chair de poule. Les nombreux regards lancés dans sa direction lui indiquaient que son petit numéro n'était pas passé inaperçu, mais elle ne le regrettait pas. De toute façon, elle n'avait pas eu le choix, elle avait déjà tout essayé.

Plutôt que de suivre les autres spectateurs et de sortir, elle s'assit et ferma les yeux. Les muscles de son visage lui faisaient mal à cause de l'immobilité dans laquelle elle les avait maintenus pendant si longtemps. Mais, maintenant qu'elle pouvait se détendre, toutes les émotions qu'elle avait enfermées en elle remontaient à la surface et menaçaient de l'étouffer.

Les mains sur le ventre, elle se concentra sur sa respiration. Quelque chose allait se passer, elle le devinait, et elle avait besoin d'être calme pour s'y préparer.

Ramos déciderait-il d'ignorer sa grossesse évidente, comme il l'avait ignorée ces huit derniers mois ? Ignorer n'était pas le bon mot. Il ne l'avait pas ignorée. Il l'avait fait disparaître de sa vie. Il l'avait séduite, il l'avait embrassée, puis l'avait purement et simplement effacée de sa vie. Ou peut-être reconnaîtrait-il sa grossesse mais penserait-il qu'un autre homme était le père ?

S'il l'ignorait ou niait sa paternité, tant pis. Elle s'était mentalement préparée à cette éventualité. Elle n'aurait rien à se reprocher, elle aurait fait son devoir en s'assurant que le père de son bébé était au courant de son existence. La balle était maintenant dans son camp.

Évidemment, le mieux serait que Ramos reconnaisse leur enfant, lui accorde une pension alimentaire – elle n'avait pas envie de saisir un juge pour l'obtenir – et limite son implication à des visites occasionnelles. Avec la vie dissolue qu'il menait, sans doute ne voudrait-il pas être un père à plein temps.

— Mademoiselle ?

Elle rouvrit les yeux et vit qu'un huissier lui faisait signe.

Elle se leva tant bien que mal. Elle ne s'était pas rendu compte à quel point elle était épuisée. Cette confrontation silencieuse avec Ramos lui avait volé toutes ses forces, sans doute parce qu'elle l'attendait depuis longtemps et qu'elle avait eu le temps d'imaginer tous les scénarios possibles.

Elle se frotta une nouvelle fois le bas du dos. La douleur était de plus en plus intense. Elle quitta la tribune du public et s'apprêtait à essayer de retrouver son frère lorsque l'homme lui fit signe de le suivre.

— Par ici, mademoiselle.

Elle hésita quelques instants. Ramos avait-il enfin décidé de ne plus l'ignorer ? Peut-être ferait-elle mieux de suivre l'homme.

Celui-ci lui ouvrit une porte, et elle entra dans une pièce qui ressemblait à une salle d'attente avec plusieurs canapés et fauteuils ainsi qu'une machine à café. Elle balaya la pièce du regard et le vit enfin, assis, les mains jointes. Il riva ses yeux noirs aux siens et, aussitôt, l'émotion l'envahit. Sa gorge se noua.

Elle avait imaginé ce moment tant de fois. Elle avait réfléchi à ce qu'elle ferait, à ce qu'elle dirait… Et elle était parvenue à la conclusion qu'elle devait se comporter de façon nonchalante, se concentrer sur les questions pratiques et surtout ne rien faire ou dire qui pourrait lui laisser croire qu'elle ressentait autre chose que du mépris pour lui.

Malheureusement, les émotions qui tourbillonnaient en elle étaient si nombreuses qu'elle avait le vertige. La haine, la fureur, le désespoir, la nostalgie… Ce dernier sentiment était le pire. Comment pouvait-elle regretter la fin de leur relation après la façon dont il l'avait traitée ?

Et d'abord, comment avait-elle pu tomber sous son charme ?

Elle avait fait la connaissance de Ramos lorsqu'elle avait onze ans et que lui et Justin étaient des étudiants de dix-huit ans. À partir de cette date, le jeune espagnol était devenu une présence régulière dans la maison des Hillier, les rejoignant même pour Noël, deux ou trois fois.

Ramos était l'ami le plus proche de son frère, un homme à la musculature parfaite, un homme si beau que toutes les femmes se pâmaient devant lui.

Elle n'était qu'une adolescente lorsqu'elle avait décidé que, jamais, elle ne serait une de ces femmes. La façon dont Ramos et son frère traitaient leurs conquêtes lui donnait la nausée. Les deux hommes passaient d'une jeune femme à l'autre comme si elles n'étaient que de vulgaires pièces de viande.

Huit mois plus tôt, Ramos l'avait jetée encore plus vite qu'il n'avait jeté les autres.

— Installe-toi, lui lança-t-il.

Treize ans qu'elle le connaissait, et qu'elle connaissait cette voix, mais elle n'avait remarqué sa richesse, sa profondeur, que lors de la nuit qu'ils avaient passée ensemble. Aujourd'hui, elle lui faisait l'effet d'une caresse.

Elle lâcha un petit rire pour masquer son trouble.

— « Installe-toi ? » C'est la première chose que tu as à me dire ?

— Tu sembles être sur le point de t'effondrer.

Il s'inquiétait de son bien-être ? Quelle générosité !

Elle s'assit sur le bord d'un canapé en cuir, priant pour que son gros ventre ne rende pas ses mouvements trop disgracieux alors que tout en lui transpirait la sophistication.

Encore une différence entre eux.

Jusqu'à aujourd'hui, elle avait plutôt apprécié d'être si manifestement enceinte. Les sourires qu'elle voyait lorsque les gens observaient son ventre aussi gros qu'une pastèque lui réchauffaient le cœur. Le stade avancé de la grossesse avait quelque chose de magique auquel les gens répondaient spontanément. En plus, cette grossesse lui donnait l'impression d'être un peu moins seule alors que sa mère était morte, que son père était un bon à rien et que son frère bien-aimé était incarcéré.

Aujourd'hui, elle ne ressentait pas la magie de la grossesse, mais seulement un poids dans la poitrine à l'idée que son bébé adoré soit confié à un père si indigne.

Le visage fermé, Ramos continua à l'observer de son regard intransigeant, examinant chaque centimètre de son corps. Il avait vraiment des yeux magnifiques, noirs, envoûtants, et d'une telle profondeur qu'une femme pouvait s'y noyer.

Pendant des années, elle avait évité ce regard. Au souvenir du jour où elle avait plongé dans ses prunelles sombres et où elle y avait lu un tel désir qu'elle avait été comme aimantée, l'émotion lui noua la gorge.

— Quand l'enfant doit-il naître ? reprit-il.

Elle cligna des yeux pour revenir au présent.

— Dans trois semaines.

— Je déduis de ton petit numéro de tout à l'heure que cet enfant est le mien.

— Oui.

Pitié, qu'il ne lui demande pas comment elle pouvait être sûre qu'il était le père, sinon elle lui jetterait son sac à la figure.

— Je suppose également que ton petit numéro était destiné à porter l'attention du monde entier sur cette affaire.

Incrédule, elle ouvrit la bouche puis, encore sous le choc, secoua la tête.

— Sérieusement ? Tu me poses cette question ?

— Que suis-je censé penser ? Une note à l'un de mes avocats aurait été aussi efficace.

— J'aurais choisi cette solution si j'avais eu la certitude que tu la lirais.

Si seulement elle pouvait croiser les jambes et lui projeter l'image d'une femme sûre d'elle. Au lieu de cela, il avait devant lui une femme aux chevilles enflées obligée d'utiliser ses coudes pour se redresser.

— J'ai passé sept mois à essayer de t'informer de la situation.

Il fit la moue. Il semblait sceptique.

Déterminée à étouffer la colère qui menaçait d'exploser et à parler sans une once d'émotion, elle se pencha en avant, du moins autant que son ventre le lui permettait, et le regarda droit dans les yeux.

— Tu as bloqué mon numéro de téléphone et mon mail. J'ai appelé deux de tes résidences et parlé à tes gouvernantes. Je me suis entretenue avec ton attaché de presse trois fois. Je t'ai écrit quatre lettres. Quatre ! Dans chacune de ces lettres et dans tous mes messages, je t'annonçais que je portais ton enfant. Puis un jour j'ai appelé ton bureau, et une intérimaire m'a informée que tu avais donné l'ordre d'ignorer ou de détruire toute communication de ma part, quelle qu'en soit la forme, et que quiconque prononcerait mon nom serait renvoyé pour faute grave ! Voilà pourquoi j'ai dû agir en public. C'était la seule façon pour moi de m'assurer que tu le remarquerais.

Les mains de Ramos étaient toujours jointes, mais ses articulations étaient blanches, signe de sa nervosité. Ses traits étaient également tirés, tendus.

Dans son ventre, son bébé bougea. C'était un mouvement qu'elle adorait et qui avait pour effet d'étouffer tous ses sentiments négatifs. Rêveuse, elle caressa son ventre avec de grands mouvements et fut bientôt récompensée en sentant un petit pied taper contre sa paume.

Hors de question de se mettre en colère et de perdre son sang-froid. Rester zen pour le bien de son bébé, alors que sa vie était en train de s'effondrer, lui avait parfois semblé impossible mais, dès l'instant où la ligne rose était apparue sur le test de grossesse, l'amour pour son bébé avait pris le dessus sur toutes les autres émotions. Cet amour était si fort qu'il suffisait à calmer sa peur d'élever seule son enfant, sans sa mère qu'elle avait aimée de tout son cœur et sans son frère qui, malgré toutes les fautes qu'il avait commises, avait toujours été là pour elle. Enceinte, elle avait trouvé une force intérieure qu'elle ne soupçonnait pas et elle n'allait pas laisser Ramos détruire ce qu'elle avait eu tant de mal à construire, surtout pas si près de la naissance.

Malheureusement, être dans la même pièce que lui, pour la première fois depuis huit mois, réveillait en elle des souvenirs torrides qu'elle avait essayé d'oublier… Sa bouche sensuelle, ses bras rassurants, sa passion…

Revenant au présent, elle tira la sangle de son sac sur son épaule. Si la douleur dans son dos n'avait pas été aussi intense, elle se serait levée d'un bond pour partir loin de cet homme qui l'avait emmenée au paradis avant de la laisser tomber en enfer.

— Tu es au courant, maintenant, reprit-elle malgré la douleur. Finissons-en avec ce procès et nous pourrons ensuite parler de ta future implication dans la vie du bébé.

Il se pencha en avant. Son regard était tout à coup plus vif, plus brillant.

— Mon implication future ?

— Si tu veux faire partie de sa vie…

Sans doute ne voudrait-il pas s'impliquer du tout.

— À toi de décider, mais j'aurai besoin de ton soutien financier, et le plus tôt sera le mieux.

— Voilà donc le but de ton petit numéro. Tu en as après mon argent.

Et puis quoi encore ! Furieuse, elle serra les dents.

— Tu es le père, tu avais le droit d'être informé, mais sache que ton insistance à faire juger Justin dans un pays où les accusés sont toujours condamnés, qu'ils soient coupables ou non, m'a anéantie financièrement.

Il demeura impassible, alors elle continua :

— Quelqu'un devait aider Justin.

La douleur ayant diminué, elle se redressa, retrouvant un peu de force pour se battre.

— Tu as choisi de le poursuivre dans un pays qui ne propose pas d'aide juridictionnelle et tu t'es assuré que tous ses biens seraient saisis. Et donc, pour payer ses frais de justice, j'ai dû hypothéquer ma maison et emprunter à mon entreprise. Aujourd'hui, je suis fauchée, alors oui, je veux ton argent, autant que la loi m'y autorise, mais seulement pour ne pas avoir à élever notre enfant dans la pauvreté. Si tu veux me considérer comme une chercheuse d'or, vas-y. Je me fiche de ce que tu penses de moi. Je ne me soucie que de deux personnes : mon frère et mon enfant. Tu as déjà ruiné mon frère, je ne te laisserai pas blesser mon enfant. Si tu veux te battre avec moi à propos de l'argent, vas-y, mais la prochaine fois que des journalistes viendront me voir j'expliquerai au monde entier comment le père de mon enfant m'a séduite, quand je suis allée le supplier de m'épargner, puis m'a rayée de sa vie. Je te couvrirai de honte !

À chaque mot qu'elle prononçait, elle voyait son visage se fermer un peu plus. Mais, quand elle se tut enfin, il esquissa un sourire. Un sourire cruel. Le sourire le plus cruel qu'elle ait jamais vu.

— Expliqueras-tu aussi aux journalistes que tu m'as séduit, puis que tu as vendu ton corps ?

2.

Les mots de Ramos lui firent l'effet d'une gifle.

— C'est moi qui t'ai séduit ?

Il lui adressa un sourire malicieux.

— Laisse-moi te rafraîchir la mémoire. Tu es venue me voir. Tu as partagé un verre avec moi et, pendant que ta bouche me suppliait d'avoir pitié de ton frère, tes grands et beaux yeux bruns me lançaient un message très explicite.

Abasourdie, elle demeura bouche bée, incapable de répondre.

— C'est toi qui t'es penchée vers moi pour ce premier baiser. Tu as posé ta paume sur mon torse, juste là, ajouta-t-il avant de mettre une main sur son cœur. Et puis tu as touché mon visage.

Sous le choc, elle cacha ses joues rouges sous ses doigts et ferma les yeux pour tenter d'oublier ce moment, lorsqu'elle était tombée sous le charme du regard hypnotique de Ramos.

— Tu as attendu que nous soyons tous les deux nus pour mentionner le fait que tu étais vierge, continua-t-il d'un ton amer. Tu dois vraiment aimer ton frère pour avoir été prête à vendre ta virginité pour lui.

— Ce n'est pas ainsi que cela s'est passé, et tu le sais très bien !

Non, cela ne s'était pas du tout passé de cette façon. Ils étaient en train de discuter et, une chose en entraînant une autre… Stop ! Elle ne voulait pas y songer, pas maintenant. Elle n'avait pas envie de repenser au moment le plus excitant, le plus enivrant de toute sa vie. Elle avait passé des années à éviter le pouvoir d'attraction d'Alejandro Ramos, alors le jour où elle s'était réveillée dans son lit, heureuse comme jamais elle ne l'avait été, elle avait été dévorée par l'émotion, persuadée qu'ils venaient de partager un moment unique. L'espace de quelques heures, elle avait été assez stupide pour croire qu'il éprouvait pour elle des sentiments qui allaient au-delà du sexe.

— Au contraire, *querida*, c'est ainsi que cela s'est passé. Tu es venue me voir avec la ferme intention de me séduire et tu as failli t'en tirer.

À ces mots, elle rouvrit les yeux. Ramos la fixait, l'air triomphant.

— Eh oui, j'ai lu son message.

— Quel message ?

De quoi parlait-il ? Elle ne comprenait pas.

— Le message de ton frère. Le matin, pendant que tu dormais, je suis descendu. Je voulais te surprendre en t'apportant ton petit déjeuner au lit. Au salon, j'ai trouvé ton sac renversé par terre.

Il était tombé de la table basse quand Ramos l'avait prise dans ses bras. À ce souvenir, son cœur se mit à battre la chamade.

— Le message clignotait sur ton téléphone, quand je l'ai attrapé pour le remettre dans ton sac. Tu te souviens de ce qu'il disait ?

Ses souvenirs de ce jour étaient flous. Elle flottait trop haut dans sa bulle de bonheur pour que la réalité puisse l'atteindre.

Quelques heures plus tard, tout était différent. Quand elle avait compris qu'il lui avait délibérément posé un lapin, sa bulle avait éclaté, et elle était retombée si brusquement dans la réalité qu'elle en avait eu le cœur brisé.

— Le message était exactement celui-ci : « Quelles sont les nouvelles, Flo ? Tes charmes ont-ils opéré leur magie sur lui ? »

Il éclata de rire, un rire amer et violent, très différent de son rire habituel, puis il lui adressa un sourire pervers.

— J'aurais dû deviner, lorsque tu as surgi chez moi, vêtue comme tu l'étais, que c'était Justin qui t'avait envoyée.

— Je n'arrive pas à croire que tu interprètes les événements de cette façon, répondit-elle d'une voix rauque, le cerveau en ébullition. Justin ne m'a pas envoyée ! Il était simplement au courant parce que je le lui avais dit, mais c'est moi qui ai eu l'idée de venir te voir.

Elle avait conduit sa voiture de location de la prison de Monte Cleure jusqu'à la frontière espagnole, puis jusqu'à Barcelone, le visage décharné de son frère imprimé dans son cerveau, se demandant désespérément quels mots elle pourrait dire pour que l'impitoyable Alejandro Ramos ait pitié de son meilleur ami.

Justin méritait d'être puni, elle le savait, il avait commis une faute, mais il avait également besoin d'aide.

Son frère avait toujours été là pour elle. Lorsqu'elle était petite et lui déjà adolescent, il acceptait de jouer à la poupée avec elle pour lui faire plaisir, il l'emmenait à l'école, il l'aidait également à faire ses devoirs.

Il avait toujours été là pour elle, et elle serait toujours là pour lui, même s'il était coupable, même s'il était en prison.

— « Tes charmes ont-ils opéré leur magie sur lui ? » répéta Ramos.

— Tu crois vraiment que j'ai perdu ma virginité pour sauver la peau de mon frère ?

Savoir qu'il pensait cela l'horrifiait tant que son sang était en train de se transformer en glace dans ses veines.

Pour toute réponse, il la regarda fixement, son visage fermé trahissant ses convictions. Grands dieux, il l'avait cru ! Il avait vraiment pensé qu'elle avait couché avec lui en échange de la liberté de son frère !

L'explication était pourtant simple et logique. Son téléphone était le seul bien que les autorités de la prison de Monte Cleure avaient permis à Justin de conserver, et le message qu'il lui avait envoyé était ironique. Son frère estimait que sa volonté d'implorer la clémence de Ramos était perdue d'avance, à moins d'un coup de baguette magique.

Désespérée, elle leva les bras en l'air. Comment le lui faire comprendre ?

— Je ne m'attendais pas à ce qui s'est passé entre nous. Je ne savais même pas si tu accepterais de m'ouvrir la porte.

— Mais je t'ai ouvert la porte. Et c'est toi qui as fait le premier pas… Toi, qui m'avais toujours traité avec dédain.

Il s'interrompit quelques instants, et elle devina la colère froide qui se cachait derrière son visage fermé.

— Quand on joue avec le feu, il faut s'attendre à être brûlé !

— C'est donc pour cette raison que tu m'as ignorée depuis ?

Sa tête tournait tellement qu'elle avait du mal à formuler sa pensée.

Elle avait cru qu'il avait décidé de ne jamais la revoir parce que leur nuit n'avait rien signifié pour lui, ou bien parce que sa haine pour son frère avait pris le dessus sur les sentiments qu'il avait pu développer pour elle, ou parce qu'elle avait été une amante ennuyeuse, mais la vérité était beaucoup plus banale. Ramos l'avait rejetée parce qu'il pensait qu'elle s'était servie de lui.

Il croisa les jambes et reprit de son habituelle voix veloutée :

— Tu m'as pris pour un idiot, à quoi d'autre t'attendais-tu ?

Une nouvelle vague de douleur remonta du creux de ses reins, et elle serra les dents.

— Ce n'est pas la vérité.

L'air sceptique, il la dévisagea de son regard intense qui lui brûlait la peau. Elle pouvait pratiquement le sentir réfléchir à ce qu'il allait faire et, lorsque ses beaux traits s'éclaircirent en un sourire sardonique et qu'il croisa les bras sur sa poitrine, elle retint son souffle, terrifiée à l'idée de ce qui allait suivre.

— Cela n'a plus d'importance. Tu es venue me voir pour obtenir la liberté de ton frère, je suis sûr que ce n'est pas de cette façon que tu pensais l'obtenir, pas à l'époque du moins, mais j'ai le plaisir de t'annoncer que tu as réussi. Félicitations ! Je suis prêt à abandonner toutes les charges contre Justin.

Il s'interrompit, un sourire aux lèvres.

— Mais pour obtenir sa liberté tu vas devoir m'épouser.

À ces mots, la pièce se mit à tourner autour d'elle, si rapidement et si soudainement qu'elle s'agrippa à l'accoudoir du canapé pour ne pas tomber. Elle ouvrit la bouche pour réagir, mais aucun mot ne sortit. Ses cordes vocales étaient paralysées.

Il en profita pour éclater de rire. Un rire amer qui lui donna la chair de poule, comme une craie sur un tableau noir.

— Je vois que je t'ai réduite au silence, c'est une première. Ce n'est pas grave, tu me remercieras plus tard.

— Je devrais te remercier ? cria-t-elle, sous le choc, retrouvant soudain l'usage de la parole.

— Ton frère sera libre et, en tant que mon épouse, tu deviendras riche. Sois gentille avec moi, et je serai très généreux.

Incrédule, elle secoua la tête. Il était devenu fou !

— Je ne t'épouserais pas, même si tu étais le dernier homme sur terre !

Comme si sa réponse ne le dérangeait pas, il haussa les épaules.

— Si tu veux que ton frère soit libéré, tu le feras.

— Mais pourquoi, alors que tu me tiens en si piètre estime ?

— Instinct d'auto-préservation. Parfois, il est sage de garder son ennemi sous la main.

— Pourquoi le mariage ? Pourquoi une solution aussi radicale ?

Il se leva, sortit son téléphone de la poche intérieure de sa veste et sourit, comme s'il s'agissait d'une évidence.

— Parce que je sais à quel point tu me détestes. Je veux que tu sois là où je peux garder un œil sur toi et faire en sorte qu'il te soit impossible de me cacher notre enfant et de le monter contre moi. Maintenant, si tu veux bien m'excuser, je dois avertir mes avocats de ces derniers développements.

Sans un mot de plus, il se dirigea vers l'autre côté de la pièce en même temps qu'une nouvelle vague de douleur lui serrait le bas du dos, lui coupant le souffle.

Elle respira tant bien que mal jusqu'à ce que la crampe disparaisse et se força à ne pas paniquer. Ses douleurs n'étaient que les signes que son corps se préparait à l'accouchement, elle avait eu quelques contractions ces dernières semaines, mais le travail n'avait pas encore commencé.

Quant à Ramos, il était juste en train de jouer avec elle. Il la punissait une fois de plus pour le crime qu'il croyait qu'elle avait commis en couchant avec lui dans l'espoir de lui faire abandonner les poursuites contre son frère.

Savoir qu'il pensait qu'elle n'était qu'une femme manipulatrice la dévastait mais expliquait en même temps de nombreux points. Si elle avait appris une chose sur Alejandro Ramos au fil des ans, c'était qu'il ne pardonnait rien, à personne. Il avait rayé de sa vie tous les gens, dont des amis, qui avaient abusé de sa confiance, et cela bien avant la trahison de Justin.

Dans une minute, il lui dirait que tout cela n'était qu'une mauvaise blague, puis il sortirait de la pièce et irait poursuivre sa destruction de l'homme qui avait été son ami le plus proche.

Elle avait du mal à croire que c'était ce même homme qui, huit mois plus tôt, lui avait fait l'amour avec une telle volupté et qui avait éveillé en elle une telle passion.

Ses sentiments pour Ramos avaient toujours été intenses, depuis la minute où il était entré dans sa maison. Il avait dix-huit ans, à l'époque, et il était déjà beau comme un dieu. Elle avait onze ans et lui en voulait de devoir partager le temps précieux qu'elle avait avec son frère, qui lui manquait terriblement depuis qu'il était parti à l'université. Ce ressentiment s'était encore accru quand Ramos avait commencé à accompagner Justin à chacune de ses visites à la maison et lorsque son frère s'était mis à imiter Ramos.

Si Ramos faisait une blague, Justin riait comme si c'était la plus drôle qu'il ait jamais entendue. Si Ramos donnait son avis sur quelque chose, Justin buvait ses paroles comme s'il était le plus grand des philosophes.

La rancœur et la jalousie qu'elle éprouvait avaient empiré lorsqu'elle avait treize ans et qu'elle était allée passer un week-end chez Justin. À ce moment-là, il vivait dans la maison de six chambres, avec sa propre salle de jeu au sous-sol, que le père milliardaire de Ramos avait offerte à son unique enfant. Son frère avait promis à leur mère que Ramos passerait le week-end avec son père à Barcelone et qu'il serait seul avec elle dans la maison d'Oxford. À son arrivée, il l'avait gâtée, il l'avait emmenée dans les nombreux magasins d'art et musées de la ville et l'avait invitée à dîner dans un restaurant chic. Il lui avait même acheté une pléthore de fournitures de broderie. Déjà à l'époque, elle aimait la broderie et avait le vague projet d'en faire son métier.

Le lendemain matin, elle venait d'entrebâiller la porte de sa chambre quand celle de l'autre côté du vaste palier s'était ouverte. Elle s'était alors figée sur place. En face d'elle, Ramos venait de ramasser quelque chose au sol, sans la remarquer.

Il était nu.

La sensation de chaleur moite qui avait envahi chacune de ses cellules à la vue de son corps d'apollon, à la fois musclé et mince, sa toison foncée descendant en triangle jusqu'à son sexe, l'avait tellement troublée qu'elle s'était cachée sous les couvertures de son lit jusqu'à ce que Justin vienne la chercher.

Plus tard, après un petit déjeuner partagé avec Justin, Ramos et une jolie femme blonde portant un peignoir bien trop grand pour elle, elle avait entendu Ramos s'excuser auprès de son frère.

— Désolé, Justin, avait-il dit, j'ai oublié que ta sœur serait là. Mon père est finalement parti dans notre villa en Martinique, alors j'ai pris l'avion et je suis rentré retrouver Miranda. Désolé si elle t'a réveillé, elle est parfois bruyante !

Elle n'avait pas entendu la réponse de son frère parce que, aussitôt, une nouvelle vague de chaleur l'avait envahie. Elle n'était déjà plus une enfant, elle avait très bien compris à quoi faisait référence Ramos.

Depuis plus de dix ans, quelque chose chez Alejandro Ramos la mettait perpétuellement sur les nerfs et faisait palpiter son cœur. Peu importait ce que ces sentiments étaient ou signifiaient, que ce soit du dégoût ou une émotion plus dangereuse, elle était sur le point de donner naissance à son enfant.

Ramos mit fin à son appel et, un sourire suffisant aux lèvres, il revint vers elle.

— Bonne nouvelle, lui annonça-t-il en se perchant, face à elle, sur l'accoudoir d'un fauteuil. Nous pouvons nous marier tout de suite.

— Tu… Quoi ?

— Nous pouvons nous marier dès maintenant. Enfin, dans une heure. J'ai demandé à mes avocats de rédiger le contrat de mariage. Nous devrons d'abord le signer, puis signer une déclaration attestant que nous sommes libres de toute charge et que nous n'avons pas d'autres conjoints cachés, mais à part cela rien ne nous empêche de nous marier.

Elle frissonna. Ramos était bel et bien sérieux.

— Mais… On ne peut pas !

— Bien sûr que si, la loi de Monte Cleure nous le permet. Nous avons tous les deux nos passeports. Nous nous marierons donc, je ferai ensuite annuler toutes les charges contre ton frère, et il sera libéré.

— Ramos, peux-tu ralentir une minute ? le supplia-t-elle, au bord du vertige.

— Quand nous serons mariés, tu devras m'appeler Alejandro.

— Je t'appelle Ramos depuis que mon frère t'a ramené à la maison il y a treize ans.

— Tu m'as appelé Alejandro la nuit où nous avons conçu notre enfant.

La chaleur lui emplit la tête au souvenir de l'orgasme qu'il lui avait offert, son premier orgasme. Elle pressa la paume sur son front brûlant pour effacer ce souvenir, puis inspira profondément afin de se reprendre.

— Es-tu vraiment prêt à abandonner toutes les charges contre Justin ?

— Si tu m'épouses, oui.

— Tu en as le pouvoir ?

— Sans moi, il n'y a pas d'affaire. Il suffit que je retire ma plainte.

— Le procureur pourrait quand même poursuivre Justin.

— Il ne le fera pas.

— Comment peux-tu en être sûr ?

— Fais-moi confiance.

— D'accord. Fais en sorte que les charges soient abandonnées, et je t'épouserai ensuite.

— Est-ce que j'ai l'air stupide ?

— Je sais que tu n'es pas stupide, mais c'est la façon la plus simple d'agir.

— Malheureusement, je ne peux pas avoir confiance en toi, donc c'est d'abord le mariage et ensuite l'abandon des charges, cet ordre n'est pas négociable. Et, si tu penses que tu peux m'épouser et divorcer dès que ton frère sera libéré, je te préviens, je porterai à nouveau plainte, et il passera les meilleures années de sa vie dans une minuscule cellule de prison. Il n'y aura pas de divorce.

D'une allure aussi souple qu'une panthère, il s'avança et baissa les yeux vers elle. Aussitôt, son parfum épicé s'infiltra dans chacun de ses pores, et elle ferma les yeux avant que son regard l'hypnotise.

— Encore une heure et ton cauchemar sera terminé. Ton frère sera libre, et tu seras riche.

Il passa un doigt sur sa joue, et elle se raidit instantanément, son cœur accélérant dans sa poitrine. Tous ses nerfs étaient tendus. Son souffle chaud la faisait frissonner de la tête aux pieds.

— On dirait que la vente de ton âme au diable a enfin porté ses fruits, lui murmura-t-il d'une voix malicieuse. Je te félicite. Ton frère sera très fier quand tu lui diras de quelle façon tu as acheté sa liberté.

Il s'éloigna, et sa tête se mit à tourner encore plus. Troublée, elle garda les yeux clos jusqu'à ce qu'elle entende la porte se refermer.

Une fois certaine d'être seule, elle enroula les bras autour de son ventre et expulsa le souffle qu'elle avait retenu pendant si longtemps, priant pour que le brouillard qui embrouillait son esprit se dissipe.

En vain. Penser lui était impossible. Sa tête était bien trop pleine.

La proposition de Ramos était de la folie !

Comment pouvait-il encore l'affecter de cette façon ? Cela ne devrait pas être possible, pas après tout ce qu'il avait fait.

Mais il pensait qu'elle avait couché avec lui pour son frère. Il pensait qu'elle l'avait utilisé… L'espace d'un instant, d'une seule seconde, elle avait cru apercevoir de la douleur dans ses yeux lorsqu'il avait prononcé ces mots.

Non, elle avait dû rêver. Elle n'était pas capable de le blesser. Cet homme avait la peau aussi dure que celle d'un rhinocéros. Et, même s'il avait vraiment mal interprété le message de son frère, ce n'était pas une excuse pour la fuir, pas après la nuit qu'ils avaient partagée, pas après l'avoir embrassée comme il l'avait fait.

S'il avait vraiment cru qu'elle l'avait manipulé, pourquoi ne l'avait-il pas interrogée le lendemain ?

La réponse était évidente, Ramos était ainsi. Si vous lui faisiez du tort, il vous rayait de sa vie sans la moindre hésitation.

Il ne pouvait donc pas, sérieusement, avoir l'intention de l'épouser.

Une nouvelle crampe interrompit net ses pensées. Elle posa une main sur son ventre, et la panique la saisit. Son ventre était contracté comme si le travail avait commencé. Elle serra les dents et se força à respirer profondément.

Le temps que sa contraction s'achève, son front était déjà humide de transpiration.

Combien de temps s'était écoulé depuis la dernière contraction ? Vingt minutes ? Plus ? Moins ?

Elle se força à rassembler ses esprits. Elle en avait eu quatre au total, chacune à quelques jours d'intervalle. Aucune n'avait duré aussi longtemps que ces deux dernières, et aucune n'avait été aussi douloureuse.

Son bébé était-il vraiment en train d'arriver ? Ce n'était pas possible. C'était trop tôt. Elle ne devait pas accoucher avant trois semaines.

Son dos la faisait à nouveau souffrir. Il n'avait pas vraiment cessé de lui faire mal depuis cette nuit, mais la douleur était maintenant plus sourde.

Les larmes lui montèrent aux yeux. Si seulement sa mère était encore vivante… Elle avait besoin d'elle aujourd'hui, pour qu'elle l'aide, la réconforte.

Malheureusement, sa mère était morte depuis deux ans, et elle n'avait personne à qui demander conseil, du moins personne en qui elle avait confiance. Depuis l'arrestation de Justin, elle était seule.

Elle commença à se balancer d'avant en arrière.

Épouser Ramos et faire libérer Justin.

Épouser Ramos et…

— Mademoiselle, vous devez lire et signer ce document.

Elle cligna des yeux. Elle n'avait pas remarqué que la porte s'était ouverte et qu'une femme s'était approchée, lui tendant un document.

Elle se racla la gorge.

— Qu'est-ce que c'est ?

— C'est un document que vous devez signer.

— Je… D'accord.

Elle venait juste de comprendre qu'il s'agissait d'un contrat de mariage quand une nouvelle contraction lui serra le ventre.

Elle crispa les doigts autour du document, contracta la mâchoire et garda le regard fixé sur les feuilles, refusant de laisser un seul gémissement de douleur sortir de sa bouche.

— Vous allez bien, mademoiselle ?

Pour toute réponse, elle hocha la tête et émit un grognement.

La contraction terminée, elle jeta un coup d'œil à sa montre. Dix minutes s'étaient écoulées depuis la dernière contraction.

Ne panique pas.

La porte s'ouvrit à nouveau, et Ramos apparut.

— Tu es prête à signer ?

— As-tu le document me prouvant que tu retires ta plainte ?

— Sa rédaction est en cours. Dès que notre licence de mariage sera signée, il sera déposé au greffe.

Elle ferma brièvement les yeux, puis se concentra sur le document qu'elle tenait dans la main. Des chiffres avec beaucoup de zéros clignotaient devant elle, mais elle n'y prêtait guère attention. Tout ce qu'elle devait vérifier, c'était qu'il ne traitait que de l'aspect financier de leur mariage, et c'était le cas.

— Puis-je avoir un stylo, s'il vous plaît ? demanda-t-elle.

La jeune femme lui en tendit un.

Épouser Ramos et faire libérer son frère.

Épouser Ramos et se lier à l'homme le plus détestable de la planète.

Ramos avait gagné.

Elle signa enfin, et celui-ci lui adressa un sourire triomphant.

— Très bien. Il est maintenant temps pour nous de nous marier.

3.

Ignorant la main que lui tendait Ramos, Flora se leva.

L'arrivée de son bébé était imminente.

Elle allait en finir avec ce mariage qui n'était rien de plus qu'une farce, s'assurer que Ramos tenait sa parole concernant Justin et ensuite elle lui annoncerait qu'il deviendrait père dans quelques heures.

Il lui restait du temps. Ses contractions étaient espacées de dix minutes, or sa sage-femme anglaise lui avait expliqué qu'elle ne serait probablement pas admise à la maternité avant qu'elles arrivent toutes les quatre minutes.

Ce travail prendrait probablement des heures, elle avait donc le temps. En attendant, elle devait se concentrer sur la remise en liberté de Justin. Elle n'avait aucune idée de la façon dont Ramos réagirait à l'annonce de son accouchement imminent et elle n'avait pas envie de prendre le moindre risque en le lui annonçant avant le mariage.

Elle était sur le point d'accoucher !

Une bouffée d'excitation pure l'envahit. Son bébé arrivait !

Bientôt, très, très bientôt, elle rencontrerait son bébé adoré.

— Apparemment, les clauses financières te conviennent, observa Ramos alors qu'ils remontaient le couloir.

— Pardon ?

— Eh bien, tu es en train de sourire, alors j'en déduis que…

— Tu penses que je souris à cause des clauses financières ?

— Tu vas devenir sous peu une femme très riche.

Ses sous-entendus cyniques ne parvinrent pas à éteindre

l'excitation qui pétillait en elle. Son bébé allait naître ! Dans quelques heures, elle serait maman !

— Libère mon frère, c'est tout ce qui m'importe.

Et que mon bébé vienne au monde sain et sauf.

— Bien sûr.

Elle s'arrêta et se tourna vers lui.

— Tu peux croire ce que tu veux, Ramos, mais je ne t'épouse que pour obtenir la liberté de Justin. Tu ne seras jamais…

Une nouvelle contraction la coupa dans son intention de lui dire qu'il ne serait jamais un mari pour elle, en tout cas pas dans le vrai sens du terme. Heureusement, elle était près d'un mur. Elle s'y appuya pour se stabiliser et jeta un coup d'œil à sa montre. Neuf minutes depuis la dernière contraction. L'intervalle diminuait.

— Flora ?

Pour la première fois, elle détecta de l'inquiétude dans sa voix.

— Brûlures d'estomac, marmonna-t-elle tant bien que mal, se forçant à ignorer la douleur intense qui lui écrasait le ventre.

Sitôt la contraction passée, elle respira profondément et se remit en marche.

— Où va se dérouler la cérémonie ?

— Au tribunal civil, dans le bâtiment d'à côté.

— Très bien.

Respire.

— Tu es sûre que tu vas bien ?

— Oui. Allons-y.

Elle accéléra l'allure. Il ne lui restait que huit ou neuf minutes avant la prochaine contraction.

Heureusement, ils n'auraient pas besoin de sortir. Les deux bâtiments étaient reliés par un passage souterrain.

— J'ai besoin de me rafraîchir, lui annonça-t-elle dès qu'ils arrivèrent au tribunal civil.

Sans attendre sa réponse, elle se dirigea vers les toilettes, fermant la porte au moment même où la contraction suivante la saisissait.

Une fois la contraction passée, elle s'aspergea le visage d'eau, fixa son reflet dans le miroir et le regretta aussitôt. Ses longs cheveux châtains, d'habitude si brillants, étaient ternes, et ses joues étaient rouges. Quant à ses yeux, des yeux de poupée avait l'habitude de dire son frère, ils avaient perdu leur éclat.

Ce n'était pas étonnant. Elle était en train d'accoucher et surtout, sur le point d'épouser Ramos. Sa vie allait changer du tout au tout.

Elle n'avait jamais pensé se marier. Aucun homme n'était fidèle, elle le savait depuis qu'elle était enfant. Pour la plupart des hommes, les femmes étaient frappées d'une date de péremption. Pour Ramos, comme pour son père et son frère, les relations étaient toujours à durée déterminée.

À chaque fois qu'elle avait songé à son mariage – elle mentirait si elle n'admettait pas qu'il lui était arrivé de rêver à ce jour –, elle se tenait aux côtés d'un marié sans visage, mais d'un marié qui l'adorait et jurait de l'aimer même lorsqu'elle serait vieille. Jamais elle n'avait imaginé ce genre d'union, un mariage forcé où le seul sentiment que les époux éprouvaient l'un pour l'autre était le dégoût.

Ce n'était pourtant pas le dégoût qui avait conduit à la conception de leur enfant… Elle repoussa ce souvenir, ce n'était pas le moment d'y penser, et ressortit.

Ramos l'attendait dans le couloir.

— Allons-y, lui lança-t-elle aussitôt, pressée d'en finir.

Son frère allait retrouver la liberté dans quelques minutes. Elle était impatiente.

— Marions-nous.

La contraction suivante survint quelques secondes après le début de la cérémonie. Cette fois, elle était assise. Ramos était juste à côté d'elle mais, trop occupé à discuter avec l'officier d'état civil, il ne remarqua pas sa contraction.

Tout ce qui lui restait à faire avant de partir pour la maternité, c'était de présenter son passeport, de confirmer son état civil, de répéter quelques formules officielles, puis de répondre à la question fatidique avant de signer le certificat de mariage.

Elle allait justement apposer sa signature sur le registre lorsque la nouvelle contraction survint, si intense, cette fois-ci, qu'elle ne parvint pas à retenir un cri.

— Flora ? s'inquiéta Ramos.

Elle ferma les yeux et s'agrippa à la table. La contraction terminée, elle prit le stylo et signa. Ensuite, seulement, elle leva les yeux vers lui.

— C'est fait. Tu peux demander la libération de mon frère.

— Je vais d'abord te chercher un verre d'eau.

— Fais libérer mon… Oh !

Elle baissa les yeux vers la flaque qui venait de se former entre ses pieds. Elle n'eut même pas le temps de relever les yeux vers Ramos qu'une autre contraction survint, et cette fois la panique l'envahit.

L'intervalle entre les contractions était bien trop court.

Elle croisa enfin son regard, visiblement consterné, et sa peur augmenta un peu plus.

— Tu vas accoucher ?

Elle acquiesça d'un signe de tête et, aussitôt, il se mit en action. Il ouvrit la porte d'un coup sec et cria un ordre dans le couloir avant de passer un coup de fil et de donner de nouvelles directives.

Quelques minutes plus tard, mais quelques minutes qui lui parurent durer une éternité, il l'aida à s'installer dans un fauteuil roulant.

— Une ambulance est en route, lui annonça-t-il d'un ton apaisant qu'elle ne lui connaissait pas. Je t'emmène dans le meilleur hôpital de Monte Cleure. Son meilleur obstétricien est en route, tout sera prêt pour ton arrivée.

Incapable de prononcer le moindre mot, elle se contenta de hocher la tête.

Elle pouvait le faire. Elle pouvait le faire. Elle était préparée, elle y parviendrait.

Quelques minutes plus tard, elle se retrouva à l'arrière d'une ambulance, un masque sur le visage pour lui insuffler de l'oxygène.

Ramos s'éloigna pour parler à un ambulancier, et la panique la saisit véritablement. Une vraie panique.

Son bébé arrivait ! Tout au long de la grossesse, sa sage-femme lui avait parlé de l'importance d'un partenaire lors de l'accouchement, mais elle avait ignoré ce conseil, persuadée qu'elle pouvait y arriver toute seule.

La vérité, c'était qu'elle n'avait personne à qui demander.

Elle aimait son frère, mais l'idée qu'il soit dans la salle d'accouchement lui répugnait. En plus, Justin n'avait jamais supporté la vue du sang. Pareil pour son père, qui était toujours en retard et n'arriverait sans doute qu'après la naissance. Sa famille élargie s'était détournée de Justin, et donc d'elle puisqu'elle le soutenait. Quant à ses amies d'enfance, elles avaient des vies bien remplies et vivaient maintenant trop loin pour être présentes. Elle s'était bien fait quelques nouvelles amies, depuis qu'elle s'était installée à Londres, mais aucune n'était suffisamment proche pour qu'elle lui demande de lui tenir la main lors de son accouchement.

Elle s'était donc préparée à accoucher seule, tout comme elle s'était préparée à élever, seule, son enfant. Elle pensait sincèrement qu'elle y était prête mais, maintenant que le moment était venu, la terreur la tenaillait.

Dès que Ramos revint à ses côtés, elle retira son masque et attrapa sa main.

— Ne me quitte pas, s'il te plaît. Je t'en prie, ne me quitte pas.

Visiblement surpris, il fronça les sourcils.

— Tu veux que je vienne à l'hôpital ?

Une nouvelle contraction la saisit, et elle remit son masque avant de serrer si fort la main de Ramos qu'il grimaça.

— S'il te plaît.

Elle pleurait, désormais.

— Je ne veux pas accoucher toute seule. S'il te plaît,

Alejandro, ne me laisse pas accoucher toute seule. Je t'en supplie.

Il déposa un baiser sur son front.

— Je ne te quitterai pas. Je te le promets.

À ces mots, sa peur, qui l'étouffait quelques minutes plus tôt, se dissipa comme par magie.

— Merci.

Lorsque la dernière contraction lui laissa suffisamment de répit pour parler, Flora pria Ramos de la rejoindre dans la salle d'accouchement.

— Prends une arme et tue-moi, s'il te plaît. C'est trop dur.

La sage-femme lui adressa un sourire entendu. Elle devait être habituée à ce genre de réaction.

Ramos embrassa les doigts qui serraient sa main de toutes ses forces et lui massa le bas du dos avec l'autre main.

— Accroche-toi à moi, *querida*, je sais que tu peux le faire.

— J'ai mal !

Il embrassa à nouveau ses doigts.

— Tu vas y arriver. J'ai toute confiance en toi. Tu es belle, tu es courageuse, tiens bon. Tu y es presque.

Six heures plus tard, Ramos replaça délicatement leur fils à son sein et rapprocha son fauteuil de son lit, dans la chambre privée où elle avait été transférée.

Elle le dévisagea. Dans son regard sombre, elle voyait briller un mélange de fierté et d'émerveillement.

— Il est parfait.

Les yeux rivés sur le précieux petit paquet dont le visage minuscule était blotti contre sa peau, elle sentit sa poitrine se gonfler de tant d'amour qu'elle crut qu'elle allait éclater.

Elle observa Ramos, ses joues mal rasées, sa chemise froissée, ses cheveux ébouriffés. Elle ne l'avait jamais vu autrement que dans un état impeccable mais le découvrir ainsi, et surtout savoir pourquoi il était ainsi, emplissait son cœur d'une émotion inédite. S'il était ébouriffé, c'était parce qu'il avait passé six heures à ses côtés, dont quatre pendant lesquelles elle l'avait utilisé comme punching-ball pour soulager sa douleur. Heureusement, sitôt l'accouchement terminé, cette douleur n'était déjà plus qu'un lointain souvenir.

— Il te ressemble, murmura-t-elle d'un ton rêveur.

Il caressa doucement la tête de leur fils.

— Tu trouves ?

— Il est tout comme toi.

Il la regarda droit dans les yeux avec le même sentiment d'émerveillement qu'il avait pour leur fils.

— Je suis si fier de toi.

Sentant ses joues s'empourprer, elle se força à prendre son compliment d'un ton léger.

— Merci.

— Merci à toi de m'avoir laissé partager ce moment.

— Merci à toi d'avoir été là.

Pendant quelques heures, elle avait retrouvé son caractère généreux et empathique dont elle avait oublié l'existence, des traits de caractère dont elle avait eu un aperçu au cours des mois qui avaient précédé la mort de sa mère. Les visites régulières de Ramos ne manquaient jamais de mettre un sourire sur le visage de sa mère.

— Je m'excuse si je t'ai écrasé les doigts.

— C'est une blessure de guerre dont je suis fier.

Incapable de s'en empêcher, elle bâilla une nouvelle fois.

Le remarquant, Ramos lui prit leur fils des bras.

— Repose-toi, *querida*. Je te réveillerai quand il sera prêt pour une autre tétée.

Elle le remercia d'un sourire et ferma les yeux.

— As-tu déjà choisi un prénom ? lui demanda Ramos peu après son retour d'une séance de shopping de vêtements pour bébé.

Il avait acheté tant de jolies petites tenues que leur enfant n'aurait jamais le temps de toutes les porter avant qu'elles soient trop petites.

La nuit était tombée depuis longtemps. Repu et vêtu d'une

adorable grenouillère, leur petit garçon dormait dans les bras de son papa.

Épuisée mais heureuse comme jamais, elle contempla son mari et son fils.

Mon mari et mon fils...

Il allait lui falloir beaucoup de temps pour se faire à cette idée.

— J'ai toujours pensé que si c'était un garçon je l'appellerais Benjamin, comme mon grand-père. Et toi, tu as des idées de prénom ?

— C'est toi qui as fait tout le travail, c'est à toi de choisir. Si tu veux l'appeler Benjamin, je n'ai pas d'objection.

— Tu es son père, il est normal que tu aies ton mot à dire.

La façon dont il l'avait accompagnée pendant l'accouchement et la façon dont il se comportait avec eux maintenant lui prouvaient qu'il voulait être père. Elle n'avait jamais osé espérer une telle attitude, pas après la manière dont il l'avait effacée de son existence. Mais, parce que son propre père était toujours resté à la périphérie de sa vie, elle s'était promis de tout faire pour que le père de son enfant soit le plus présent possible.

Pendant un long moment, il la regarda fixement avant qu'un sourire en coin se dessine sur son beau visage.

— J'ai du mal à me faire à l'idée que je suis père. Cette journée entière a été...

— Aussi stupéfiante que des montagnes russes ?

Personnellement, c'était ce qu'elle ressentait.

Elle avait eu sept bons mois pour se préparer à la maternité. Ramos avait à peine eu plus de sept heures pour se préparer à la paternité. Pas étonnant qu'il se sente un peu déstabilisé.

— Oui, des montagnes russes. Pour être honnête, ce n'est pas de cette façon que j'imaginais ma journée.

— Je ne m'attendais pas non plus à ce que ma journée se termine ainsi. Je pensais qu'il me restait trois semaines avant l'arrivée de ce petit et je n'imaginais certainement pas que je me coucherais, ce soir, mariée à mon plus grand ennemi.

Son sourire en coin se transforma en rictus.

— Nous avons fait la paix d'une façon un peu extrême.

— Qui a parlé de paix ? Il ne s'agit que d'une suspension des hostilités.

— Un cessez-le-feu ?

— Un cessez-le-feu, oui. Je pense que nous devrions faire tout notre possible pour le respecter, pour le bien de ce petit.

— Je suis heureux que tu penses cela, *querida*. Je ne veux pas qu'il y ait de guerre entre nous.

Pour le bien de leur fils, ils étaient tous les deux d'accord pour ne pas se battre.

Elle baissa les yeux vers leur enfant, niché entre les bras puissants de son père. Ce soir, elle était sur un petit nuage, mais elle devait faire attention. Elle ne devait pas oublier qui elle avait épousé. L'accouchement les avait rapprochés, comment aurait-il pu en être autrement, mais elle ne devait pas laisser les hormones et l'euphorie qui l'inondaient ce soir obscurcir son jugement. Les hauts étaient toujours suivis de bas. Ces premières heures magiques avec leur bébé ne dureraient pas. Ramos serait toujours Ramos.

Mais pour l'instant ils étaient tous les trois ensemble, et elle était heureuse que son petit garçon puisse faire connaissance avec son papa.

— Quels sont les prénoms qui ont une signification pour toi ? Pourquoi pas le nom de ton père ? Rafael, c'est ça ?

Il secoua la tête.

— Non. Je ne veux pas appeler mon fils Rafael.

Elle était surprise. Elle ne savait pas grand-chose du père de Ramos, sinon qu'il était extrêmement riche et qu'il changeait fréquemment d'épouse, mais elle avait toujours eu l'impression que les deux hommes étaient proches.

— Pourquoi ?

— Je ne veux pas, c'est tout.

— Nous ne sommes mariés que depuis quelques heures, Ramos, tu ne peux pas commencer à avoir des secrets pour moi.

Il haussa les épaules avant de baisser les yeux vers leur fils blotti entre ses bras.

— Mon père est égoïste. Il a toujours été égoïste.

— Nous avons donc quelque chose en commun.

Il riva le regard au sien.

— Oui. Nous avons tous deux des pères égoïstes.

Il y avait peu d'éléments de sa vie qu'il ne connaisse pas déjà. Il en faisait partie intégrante depuis plus de dix ans. L'inverse n'était toutefois pas vrai.

— Parle-moi de ta maman.

Pour des raisons évidentes, elle avait passé plus de la moitié de sa vie à éviter autant que possible toute conversation avec lui, elle ne savait donc pas grand-chose de son enfance, à part les quelques éléments que Justin avait mentionnés. Elle savait juste que sa mère avait succombé à une septicémie quand il avait dix ans. D'ailleurs, elle avait eu les larmes aux yeux, lorsque Justin le lui avait raconté.

— Elle était autoritaire. Très autoritaire. Très douée pour obtenir ce qu'elle voulait. Elle était capable de me faire ranger mes jouets ou plier mes vêtements rien qu'en me regardant.

Elle sourit.

— Ma mère était comme ça, elle aussi, du moins avec Justin. Moi, je rangeais toujours mes jouets.

Sa mère avait été obligée de faire preuve d'autorité pour compenser l'absence de son père.

— Je m'en souviens, répondit-il d'un ton grave. Tu étais toujours tellement sérieuse…

— Ce n'est pas vrai.

— En tout cas, tu étais sérieuse quand je te voyais. Dès que je pénétrais dans une pièce, tu levais les yeux au ciel.

Et dire qu'elle avait cru qu'il n'avait jamais remarqué son hostilité… Finalement, il était plus perspicace qu'elle ne le pensait.

— Pour être honnête, je trouvais que tu avais une mauvaise influence sur Justin.

Une ombre apparut sur son beau visage.

— Personne ne peut avoir une mauvaise influence sur Justin.

— Si, toi.

— Non.

— Il essayait toujours de t'impressionner.

— Tout le monde essaye de m'impressionner, répondit-il en haussant les épaules avant d'esquisser un sourire. Tout le monde, sauf toi.

Ne sachant pas s'il la complimentait ou non, ne sachant d'ailleurs pas si elle voulait que ce soit un compliment ou non, elle préféra changer de sujet.

— Où est-il ?

— Justin ? Probablement en train de fêter sa liberté dans un bar d'hôtel avec une ou deux femmes à son bras.

Elle ne releva pas cette pique. La dureté faisait partie de ses traits de caractère mais, après l'avoir vu ému devant son fils, elle n'avait pas envie d'y penser. Pas ce soir.

— Il est donc libre.

— J'ai respecté notre marché. Ton frère s'en sort bien, il m'a volé un million et aujourd'hui il peut reprendre sa vie comme si de rien n'était.

— Pas du tout, sa vie est détruite.

— Il ne peut s'en prendre qu'à lui-même.

— Il le sait et il est prêt à tout pour que tu lui pardonnes.

— Il pourrait commencer par rembourser le million d'euros qu'il m'a volé mais, sachant qu'il a vidé la caisse d'un de mes casinos pour rembourser les dettes qu'il avait contractées dans un casino rival, je me doute bien que je ne reverrai jamais cet argent.

— Il n'était pas dans son état normal quand… Tu sais à quel point la mort de maman l'a affecté.

Il savait aussi à quel point son frère avait été protecteur de sa mère. Il avait huit ans lorsque leur mère avait mis leur père à la porte et, à partir de cette date, il avait été obligé de se comporter comme l'homme de la maison. Tous ces week-ends que Ramos avait passés chez les Hillier, c'était parce que son meilleur ami avait besoin de s'assurer que les femmes de sa famille se portaient bien.

Justin avait peut-être caché à Ramos les profondeurs de son désespoir, à la suite du décès de leur mère, mais il le connaissait. En plus, elle le lui avait expliqué, la nuit où elle s'était présentée chez lui.

Ce soir-là, il l'avait écoutée. Il l'avait écoutée tandis qu'elle lui racontait comment Justin avait développé une dépendance au jeu et comment les propriétaires du casino où il se rendait secrètement avaient augmenté son crédit jusqu'à ce qu'il leur doive près d'un million d'euros. Les lueurs qu'elle avait alors aperçues dans les yeux de Ramos l'avaient convaincue qu'elle avait réussi à le persuader. Malheureusement, elle n'avait jamais eu l'occasion de poursuivre parce que ces lueurs s'étaient intensifiées et…

Stop ! Elle ne voulait pas se souvenir de ce qui s'était passé ensuite. C'était de la folie.

Ramos prit une profonde inspiration, puis leva les yeux vers le plafond. Quand il la regarda à nouveau, il semblait tendu.

— Ma mère est morte quand j'étais enfant. Je n'ai jamais utilisé sa disparition comme une excuse pour mentir, tricher ou voler, et je ne peux pas croire que ta mère aurait accepté que ton frère se serve de son décès comme excuse.

— Maman aurait été dévastée, il s'est terriblement mal comporté, mais tu dois comprendre qu'il n'avait pas toute sa tête à cette époque. Si tu acceptais de le voir et de le laisser…

— Je ne le reverrai plus jamais, répondit-il en lui lançant un regard qui ne souffrait aucune discussion. Et Benjamin ne doit rien avoir à faire avec lui non plus, c'est compris ?

— C'est mon frère !

— Je ne t'empêcherai pas de le voir, mais c'est un menteur et un voleur, et je refuse que Benjamin l'approche.

Sous le choc, elle demeura bouche bée.

Cette journée était la plus belle de sa vie, et elle refusait de briser la magie de la naissance de son fils pour une bataille qu'elle avait peu de chances de gagner. Pas encore, en tout cas. Peut-être un jour, mais pas aujourd'hui.

Sa poitrine se serra quand elle se rappela qu'elle s'était engagée à être son épouse pendant de nombreux jours. Des milliers de jours. Pour le bien de son petit garçon, elle ferait de son mieux pour les passer en paix.

— Benjamin ? reprit-elle doucement.

Les yeux sombres de Ramos se rétrécirent, signe de suspicion, avant que l'obscurité sur son visage s'évanouisse et qu'il lui offre un sourire qui fit accélérer son rythme cardiaque.

— Oui, Benjamin. C'est un joli prénom. Il me plaît.

— Alors tu devrais choisir son deuxième prénom.

— Mon choix est facile.

— De quel prénom s'agit-il ?

— Alejandro, évidemment.

4.

Les quelques jours qu'elle passa à la maternité filèrent à une vitesse folle. Ramos ne les quittait pas, allant jusqu'à caser chaque soir sa grande carcasse dans l'étroit lit pliable fourni par l'hôpital. Tout ce qu'elle désirait, il s'assurait qu'elle l'obtienne, que ce soit une tasse de thé ou une assiette de son plat préféré, des macaronis au fromage. Il lui donnait un bras sur lequel s'appuyer lorsqu'elle avait besoin de traverser la pièce pour aller aux toilettes ou qu'elle voulait s'asseoir, avec leur fils, dans le joli jardin ombragé de la maternité.

La petite bulle qu'ils formaient tous les trois n'était malheureusement pas destinée à durer, et lorsqu'elle sortit de la maternité, le troisième jour, une vague de tristesse l'envahit.

Malgré ses regrets, elle gardait la tête sur les épaules. Ramos et elle avaient prouvé qu'ils pouvaient s'entendre. Ils avaient prouvé qu'ils pouvaient être des partenaires efficaces, alors elle était décidée à commencer sa vie d'épouse avec un état d'esprit positif. Elle espérait même que leur drôle de mariage fonctionne. Elle ne se faisait aucune illusion sur l'homme qu'elle avait épousé, mais elle était décidée à donner sa chance à leur union.

Dieu merci, Ramos avait fait nettoyer sa robe et lui avait apporté une brosse à cheveux car, dès qu'ils franchirent la porte principale de l'hôpital, ils furent accueillis par les flashs des appareils photo et par une horde de journalistes.

Instinctivement, elle se serra contre Ramos. Tenant d'une

main le siège auto dans lequel dormait Benjamin, il l'entoura de son autre bras pour la protéger.

Quelques secondes à peine s'écoulèrent avant que la foule des curieux soit repoussée par quatre impressionnants gardes du corps sans état d'âme, mais ils étaient encore assez proches pour qu'elle entende leurs cris. La plupart d'entre eux étaient en français et en espagnol, mais elle entendait également quelques questions en anglais.

— Le bébé est-il le vôtre, Alejandro ?

— Allez-vous faire un test ADN ?

— Flora, votre grossesse était-elle un piège afin qu'Alejandro abandonne les charges contre votre frère ?

— Depuis combien de temps êtes-vous amants ?

— Alejandro, que pensez-vous de la vidéo d'Aimee en train de pleurer ?

— Alejandro, avez-vous oublié de dire à Aimee que vous aviez une liaison ?

Au bord du malaise, elle se réfugia dans l'énorme 4x4 noir aux vitres fumées. Les portières fermées, elle n'entendait plus les questions des journalistes, juste les cris de son fils. Elle se concentra alors sur lui. Elle le calma du mieux qu'elle le put pendant que Ramos fixait le siège auto entre eux. Une fois Benjamin bien attaché, il fit signe au chauffeur, et celui-ci démarra sans attendre.

Lorsque Benjamin ferma les yeux, elle se tourna vers Ramos.

— Qui est Aimee ?

Il ne répondit pas. Le silence dura même tant qu'elle aurait presque eu le temps de se préparer une tasse de thé. S'il avait répondu immédiatement « Aimee était ma petite amie, mais c'est fini, je suis marié avec toi maintenant », elle l'aurait compris.

Du moins, elle avait envie de le croire.

— Aimee était ma maîtresse, finit-il par admettre.

Sa maîtresse ? Un sentiment de révulsion la gagna.

— Qu'entends-tu exactement par maîtresse ? Une maîtresse n'est-elle pas l'amante d'un homme marié ?

— Pas toujours.

Curieuse, elle le dévisagea, attendant qu'il poursuive. Elle voulait comprendre.

— Alors ? s'enquit-elle, impatiente.

— Alors, quoi ?

— Vas-tu me donner des explications ?

— Pourquoi ?

— Parce que je suis ta femme et que je mérite de savoir.

— Pour que tu puisses me juger ?

— Je ne te jugerai pas.

— Tu es pourtant en train de me juger en ce moment même, je le vois. Tu m'as toujours jugé.

Honteuse, elle baissa la tête. Il avait raison, elle l'avait souvent jugé, elle ne pouvait pas le nier. Elle ne l'avait cependant jamais jugé d'un point de vue moral, mais plutôt en raison du sentiment de répulsion qu'elle éprouvait quand elle voyait avec quelle insouciance il traitait les femmes.

— Tu m'as toujours donné l'impression que tu ne me trouvais pas digne de respirer le même air que toi, ajouta-t-il. La première fois que tu m'as regardé comme si je n'étais pas un animal mort que ton chat avait apporté, c'est quand tu es venue me voir pour plaider la cause de ton frère. C'est la première fois que tu as engagé la conversation. Depuis des années, j'ai fait tous les efforts possibles pour toi, mais tu m'as toujours fait comprendre qu'ils seraient vains. Je n'étais jamais assez bien pour que tu me regardes dans les yeux ou que tu me parles. Jusqu'au jour où tu as eu besoin de moi.

Sa gorge se noua.

Sa volonté désespérée de libérer son frère d'une prison étrangère l'avait conduite jusqu'à Ramos. Le désespoir appelait des mesures désespérées et, si elle avait dû se mettre à genoux pour le supplier d'abandonner les charges contre Justin, elle l'aurait fait.

Malgré sa détermination, elle avait tout de même eu peur et avait dû rassembler tout le courage qu'elle possédait pour sonner à sa porte. Lorsqu'il avait enfin ouvert, elle avait puisé dans ses dernières forces pour plonger dans les yeux de l'homme dont elle avait évité le regard pendant si longtemps.

Il l'avait dévisagée pendant un long moment, et elle était restée silencieuse, incapable de parler. Aucun mot n'était parvenu à sortir de sa bouche. Tout ce qu'elle avait prévu de dire s'était envolé de son cerveau.

Puis il avait cligné des yeux, s'était passé une main dans les cheveux et l'avait invitée à entrer.

Il était pieds nus, elle s'en souvint avec un pincement au cœur. Il lui suffisait également de penser à la façon dont elle avait franchi la même porte, le lendemain matin, avec l'impression de flotter sur un nuage de bonheur, pour que sa peau la brûle à nouveau.

Malheureusement, son espoir s'était vite évanoui. Sa promesse de la retrouver dans le hall de l'hôtel où elle séjournait ne s'était jamais concrétisée. Elle avait bien tenté de l'appeler, mais sa gouvernante lui avait sèchement répondu que señor Ramos n'était pas disponible et qu'elle ne devait plus jamais lui téléphoner.

Plus de huit mois étaient passés, mais elle était toujours curieuse. Elle mourait d'envie de savoir pourquoi il lui avait posé un lapin et l'avait rayée de sa vie. Et surtout elle voulait savoir pourquoi il avait encore une telle opinion d'elle. Elle avait besoin de comprendre.

Décidée, elle se força à rétablir un contact visuel.

— Ce qui s'est passé entre nous… Je n'ai pas couché avec toi pour obtenir la liberté de Justin, je le jure.

— Pourquoi l'as-tu fait, alors ?

— Tu sais très bien pourquoi, tu étais là.

Elle avait couché avec lui parce qu'elle ne pouvait pas faire autrement, il l'avait hypnotisée. Sur le moment, elle avait pensé que, lui non plus, ne pouvait pas faire autrement.

Il ne répondit pas, il se contenta de la dévisager. En fait, il essayait de sonder son cerveau, elle le voyait. Si seulement elle pouvait également lire en lui et découvrir si leur nuit ensemble avait signifié quelque chose pour lui… Malheureusement, elle n'y arrivait pas.

Déçue, elle se racla la gorge et s'efforça de masquer son émotion en changeant de sujet.

— Alors… Aimee était-elle ton amante… quand nous… Quand nous avons couché ensemble ?

— Elle était ma maîtresse mais pas mon amante. Une maîtresse est une femme entretenue par un homme. Je payais son appartement, lui donnais une allocation, et en retour…

— Et en retour elle restait disponible pour toi ?

À cette idée, une nouvelle vague de nausée remonta dans sa gorge, exactement comme quand elle avait vu ces photos de Justin et lui prises par les paparazzis, sur un yacht, entourés d'une douzaine de femmes aux seins nus.

Il répondit d'un faible mouvement de tête.

— Étais-tu fidèle ?

— Il n'y a pas d'exclusivité entre un homme et sa maîtresse.

— Dans ce cas-là, pourquoi pleurait-elle ?

— Parce que c'est une actrice, une professionnelle qui cherche l'attention. La maîtresse bafouée est un rôle qu'elle n'a aucun mal à jouer.

— Peut-être était-elle simplement et sincèrement bouleversée.

— Et comme par hasard les paparazzis sont là pour en témoigner, répliqua-t-il avec humour. Enfin, peu importe, notre relation est terminée depuis longtemps.

Elle lui avait demandé si Aimee était toujours sa maîtresse quand ils avaient couché ensemble, mais il n'avait pas répondu à cette question. Tant pis.

Elle allait lui demander s'il avait toujours l'intention de prendre des maîtresses, maintenant qu'ils étaient mariés, lorsque la sonnerie de son téléphone la coupa dans son élan. Elle en profita pour regarder par la fenêtre et respirer calmement.

Bien sûr qu'il aurait des maîtresses. Alejandro Ramos était un séducteur, et un séducteur suffisamment riche pour vivre exactement comme il l'entendait. Toute femme qui se faisait des illusions en croyant le contraire était vouée à avoir le cœur brisé. Elle avait été assez stupide pour croire qu'elle pouvait être différente des autres, huit mois plus tôt, et il l'avait rayée de sa vie sitôt qu'elle était sortie de son lit, alors jamais elle ne commettrait la même erreur.

Elle allait devoir garder son cœur scellé dans du titane, si elle voulait qu'il reste intact, car elle ne pourrait sortir de ce mariage avant de nombreuses années. Il l'avait prévenue des conséquences si elle divorçait et, maintenant que Benjamin était là, elle était prête à donner une chance à leur union pour le bien de leur fils, parce que Ramos était son père et, plus important encore, parce qu'il voulait être un père pour lui.

Il ne lui restait plus qu'à espérer que les larmes d'Aimee soient des larmes de crocodile. Aussi répugnante que soit cette histoire de maîtresse, elle ne souhaitait de mal à personne.

Ils atteignirent enfin la frontière espagnole, et sa gorge se noua un peu plus. Tout à coup, elle avait envie de faire demi-tour et de retourner dans sa chambre, à la maternité, dans ce cocon douillet loin de la réalité.

Le reste du trajet de deux heures jusqu'à la villa de Ramos, dans le quartier de Pedralbes à Barcelone, se déroula dans le silence, interrompu seulement par le faible murmure de sa voix tandis qu'il répondait à de nombreux appels téléphoniques. Benjamin dormait et, bercée par le mouvement de la voiture, elle l'imita.

Lorsqu'ils franchirent enfin le portail électrique de son domaine, elle ne s'attendait pas à ce que son cœur batte aussi vite. Elle n'était venue ici que deux fois auparavant. Les deux fois il faisait nuit, et la villa de trois étages, conçue dans le style d'un manoir français, était éclairée par des lumières douces qui créaient une ambiance romantique. Lors de sa dernière visite, elle avait garé sa voiture de location contre le haut mur d'enceinte et avait gravi les marches de marbre, impressionnée par les balcons en fer forgé ornant chaque fenêtre.

Aujourd'hui il faisait jour, et les murs blancs resplendissaient au soleil.

Le chauffeur conduisit jusqu'à un garage souterrain suffisamment grand pour abriter sept véhicules.

Comme s'il possédait un radar interne, Benjamin ouvrit les yeux, puis la bouche, et le silence prit fin. Elle le détacha doucement et le sortit de la voiture.

— Je vais te montrer ta chambre, lui annonça Ramos alors qu'ils pénétraient dans un ascenseur.

Sa chambre ?

Il dut voir sa surprise, car il reprit sans attendre :

— J'ai pensé que tu préférerais avoir ton propre espace, le temps de prendre tes marques et de récupérer de l'accouchement. La chambre d'amis est juste à côté de la mienne donc je serai à proximité si tu as besoin de moi.

Son estomac se serra. S'agissait-il de soulagement ou de déception ? Pour être honnête, elle n'en avait pas la moindre idée.

Avec tout ce qui s'était passé ces derniers jours, elle ne s'était pas autorisée à penser à son installation ici, mais sans doute son inconscient avait-il supposé qu'elle partagerait la chambre de Ramos. Après tout, ils étaient mariés.

La porte de l'ascenseur s'ouvrit devant la même salle de réception que celle où elle était entrée pour la première fois trois ans plus tôt, à l'occasion du vingt-huitième anniversaire de son mari. Juste devant, à travers une grande arche, elle voyait l'immense espace de vie avec un plafond si haut qu'elle avait dû se pencher en arrière pour le contempler. Toute la maison de son enfance, du sol au toit, aurait pu tenir dans un tiers de cette pièce ! De l'autre côté de l'espace de vie, un escalier menait à la terrasse où la fête avait eu lieu.

Benjamin dans les bras, elle suivit Ramos à l'étage et retint son souffle lorsqu'ils approchèrent de la chambre où elle s'était donnée à lui, si volontairement. Si bêtement.

Si elle n'avait pas déjà vu la chambre de Ramos, elle aurait été stupéfaite de la splendeur de celle qui lui était attribuée. Sa chambre, ou plutôt sa suite, était digne de celle d'une princesse. Elle aurait presque cru qu'elle vivait un conte de fées si les cris de Benjamin ne l'avaient pas ramenée à la réalité.

Son regard se fixa sur le berceau que Ramos avait fait installer à côté du lit à baldaquin.

— J'ai pensé que tu préférerais qu'il dorme à tes côtés pendant que tu l'allaites.

Bonne idée. D'ailleurs, il fallait qu'elle l'allaite maintenant. Elle n'avait eu aucun problème pour le nourrir devant Ramos lorsqu'elle était à la maternité, mais c'était différent ici, dans l'intimité d'une chambre.

Comme s'il devinait sa gêne, il recula.

— Je vais te laisser. Je te ferai visiter la chambre de Benjamin et le reste de la maison quand tu seras prête. Veux-tu que je demande à Madeline de t'apporter du thé ?

— Qui est Madeline ?

— La gouvernante.

— Oui, s'il te plaît.

Une larme coula soudain sur sa joue. Pourquoi ? Et pourquoi d'autres larmes commençaient-elles à couler ?

— Flora, murmura-t-il en s'accroupissant en face d'elle. Pourquoi pleures-tu ?

Elle essuya ses yeux, et il repoussa une mèche de cheveux tombée sur son visage.

— Que se passe-t-il ?

Elle renifla, mais ne parvint pas à arrêter ses larmes.

— Je ne sais pas.

C'était la vérité, elle n'avait pas la moindre idée de la cause de ses pleurs.

— Tu n'aimes pas ta chambre ?

— Elle est très belle, répondit-elle entre deux sanglots. Je pense que je souffre juste d'un petit baby blues.

Il caressa doucement ses cheveux.

— Tu te concentres sur Benjamin, et je m'occupe de tout le reste, d'accord ?

Elle se mordit la lèvre avant de prendre une profonde inspiration et de hocher la tête.

Il déposa un baiser sur son front, puis sortit de sa chambre, la laissant avec une marque de brûlure à l'endroit où s'étaient posées ses lèvres.

Elle entendit frapper à sa porte et, nerveuse, se redressa.

— Entre.

Ramos pénétra dans la chambre, magnifique dans son costume sur mesure.

— Il est temps que j'y aille.

— Bon voyage, lui répondit-elle d'un ton aussi enjoué que possible, bien déterminée à ce qu'il pense que son voyage ne lui posait aucun problème.

Ramos possédait une chaîne d'hôtels et de casinos. Il avait pris trois semaines de congés pour être présent, pour elle et pour Benjamin, et aujourd'hui il était temps pour lui de se remettre au travail. Il partait donc pour un séjour de cinq nuits à Rome.

Il lui prit Benjamin des bras et, instantanément, son parfum musqué et épicé l'enivra, et ses sens se mirent à pétiller.

Mal à l'aise, elle baissa les yeux. Elle était encore en pyjama. Elle ne s'était même pas brossé les cheveux. Elle ne devait ressembler à rien.

Et dire que Ramos, dont elle savait pertinemment qu'il n'avait pas fait l'amour depuis au moins trois semaines puisqu'il ne quittait pas la villa, se rendait dans une ville comptant parmi les plus belles femmes du monde… Stop ! Elle ne devait pas penser de cette façon, lui rappela une petite voix. Ramos pouvait faire ce qu'il voulait.

— Les journalistes sont partis.

— Bien.

C'était une bonne nouvelle. La presse campait devant l'enceinte du domaine depuis son arrivée. Sans doute les journalistes avaient-ils fini par se lasser.

— Des gardes du corps seront à ta disposition, lorsque tu seras prête à sortir. Dis-le à Madeline, et elle prendra les dispositions nécessaires. Si tu as besoin de quoi que ce soit, adresse-toi à elle.

— D'accord.

Elle se forçait à parler d'un ton nonchalant mais, plus les secondes passaient, plus son cœur saignait.

Il embrassa Benjamin sur la joue, puis le lui rendit, et elle retint son souffle. Allait-il l'embrasser aussi ? À part le frôlement des bras lorsqu'ils se passaient Benjamin, il ne l'avait pas touchée depuis ce baiser qu'il avait déposé sur son front le jour de son arrivée dans la maison.

— Si tu veux que je reste, je peux m'organiser en conséquence.

— Ne t'inquiète pas, nous nous en sortirons.

— Tu es sûre ?

— Vas-y. Rome t'attend de pied ferme.

Elle réussit à rester de marbre jusqu'à ce qu'il ait refermé la porte derrière lui, puis fondit en larmes.

Elle regarda Benjamin, qui dormait paisiblement et profondément. Si seulement elle pouvait s'endormir elle aussi. Malheureusement, malgré sa fatigue, elle ne parvenait pas à fermer l'œil. Ramos occupait bien trop ses pensées. Elle ne pouvait s'empêcher de se demander où il était et ce qu'il faisait… Et avec qui il le faisait.

Il en était à son troisième voyage d'affaires en deux semaines. Cette fois, il était à Londres et avait mentionné en passant, la veille de son départ, qu'il allait visiter son casino de Mayfair. Sur le coup, elle avait retenu son souffle, se demandant s'il allait l'inviter avec Benjamin dans sa ville natale, mais rien.

Sans doute craignait-il d'être gêné par la présence de son épouse et de son bébé.

Pendant ses premières semaines ici, ils avaient trouvé une certaine harmonie. Malheureusement, ce bonheur n'était plus qu'un lointain souvenir. Parfois, elle se demandait même si elle n'avait pas rêvé car, depuis qu'il avait repris le travail, ils passaient très peu de temps ensemble et, lorsqu'ils se voyaient, leur conversation polie ne concernait que leur fils.

Essuyant de nouvelles larmes, elle ne parvenait pas à les arrêter, mais essaya de réfléchir.

Elle avait épousé Ramos pour la liberté de son frère. Ramos l'avait épousée pour leur fils. C'était tout ce qu'il y avait entre eux, et elle devait s'y faire. Quand il était à la maison, il se conduisait comme un bon père attentionné, et c'était le plus important. Elle devait arrêter de se torturer à propos des femmes avec qui il partageait ses nuits, elle n'en tirerait rien de bon. Cela ne ferait que la rendre amère, or elle n'avait pas le droit d'être aigrie, pas quand elle élevait son fils dans un luxe dont elle n'aurait jamais pu rêver.

Si, dès le départ, Ramos lui avait présenté ce mariage tel qu'il était, un mariage où ils dormaient dans des chambres séparées, où il travaillait à l'extérieur la plupart du temps et où les relations entre eux resteraient cordiales, il n'aurait peut-être pas eu besoin de lui faire du chantage pour qu'elle l'accepte.

Avec un peu de chance, son baby blues passerait bientôt, se répéta-t-elle jusqu'à s'en convaincre. Ensuite, toutes ses émotions reviendraient à la normale, et Ramos ne serait plus pour elle que l'homme avec qui elle partageait un enfant, et un toit.

5.

Cinq mois après son accouchement, et son déménagement à Barcelone, Flora avait enfin l'impression de redevenir elle-même. Son baby blues n'était plus qu'un lointain souvenir, elle n'avait pas pleuré depuis au moins un mois. Le fait que Benjamin fasse maintenant ses nuits y était sans doute pour beaucoup. Enfin reposée, elle était capable d'analyser sa situation beaucoup plus clairement.

L'amour qu'elle portait à son fils était né à l'instant où elle avait vu la ligne rose apparaître sur le test de grossesse et, depuis, cet amour n'avait fait que grandir, que s'amplifier, jusqu'à exploser au moment de sa naissance. Aujourd'hui elle le savait, elle serait capable de se jeter devant un train à grande vitesse plutôt que de laisser un malheur arriver à son enfant.

Malheureusement, si ses sentiments pour son fils étaient plus puissants, son attirance pour Ramos l'était également.

Les jours où il était à la maison, tous les atomes qui la constituaient se chargeaient en électricité, créant un bourdonnement dans sa peau et un flou dans son cerveau. Ces jours-là, son cœur battait plus vite, et l'air qu'elle respirait avait un goût différent. Sa présence avait un effet notable sur elle. En revanche, si sa présence à elle avait un quelconque effet sur lui, il le cachait bien.

D'un autre côté, pourquoi sa présence l'aurait-elle affecté alors qu'il était libre de rencontrer de nombreuses femmes quand il était en voyage d'affaires, des femmes dont le ventre ne ressemblait pas à une bouée.

Sans doute était-ce pour cette raison qu'il n'avait pas pris la peine de l'installer dans sa chambre ni de faire en sorte que leur union ressemble davantage à un mariage qu'à une colocation de deux personnes partageant un enfant.

Elle ne l'avait jamais questionné sur ses conquêtes, cela ne la regardait pas. En plus, il était évident que leur mariage n'en était un que sur le papier.

De toute façon, l'occasion de lui poser des questions sur ses aventures ne s'était jamais présentée. Depuis un mois qu'elle avait cessé d'allaiter Benjamin et l'avait installé dans sa chambre, leurs rapports s'étaient détériorés. Désormais, quand il était à la maison, elle lui confiait leur fils et puis s'échappait, généralement dans sa suite, jusqu'à ce qu'il lui repasse la main quelques heures plus tard.

Mieux valait garder ses distances avec lui, elle le savait. Malheureusement, cette distance n'avait pas l'effet escompté.

La semaine dernière, il était parti pour une visite de quinze jours dans son casino de Las Vegas, son seul établissement hors d'Europe. Il n'était jamais parti aussi loin ni aussi longtemps auparavant et, plutôt que de savourer cette distance supplémentaire, elle était encore plus tendue, encore plus nerveuse. Tout ce qu'elle voulait, c'était trouver avec lui un équilibre émotionnel qui lui permette de supporter leur mariage jusqu'à ce que Benjamin soit assez grand pour quitter le nid. Ensuite, elle divorcerait et le quitterait.

Hélas, cette libération n'interviendrait pas avant de nombreuses années. L'enfant qui deviendrait un jour un homme n'était pour le moment qu'un bébé de cinq mois. Un bébé qui adorait jouer dans l'eau.

Elle lui mit de la crème solaire, une couche, une combinaison pour protéger sa peau délicate des rayons du soleil puis, son sac sur l'épaule, elle sortit dans le jardin de derrière où se trouvait sa piscine préférée parmi les trois du domaine. Enfin, sa piscine préférée pour y emmener Benjamin barboter. Elle n'aimait pas particulièrement les souvenirs qu'elle avait de cette piscine, mais elle était pratique avec un bébé.

Après avoir déposé leurs serviettes sur une chaise longue, elle installa son fils dans sa bouée gonflable.

— Vous venez dans l'eau ? proposa-t-elle ensuite à Mateo, le jeune maître-nageur.

De tout le personnel du domaine, Mateo était son préféré mais, comme s'il craignait d'être surveillé, il jeta un coup d'œil inquiet par-dessus son épaule.

— Avez-vous eu des soucis avec Madeline, l'autre jour ?

Deux jours plus tôt, en effet, il les avait rejoints dans la piscine pendant dix minutes et avait fait rire Benjamin, mais il avait ensuite subi les foudres de Madeline.

La gouvernante dirigeait le domaine d'une main de maître, exigeant une discrétion irréprochable de la part de tous les employés. Alors pourquoi avait-elle engagé Mateo ? Aucun jeune homme de dix-huit ans n'était sérieux, et sans doute celui-ci n'avait-il accepté ce poste que parce qu'il imaginait surveiller la piscine lors de fêtes alcoolisées avec de nombreuses femmes à moitié nues, comme celle à laquelle elle avait brièvement assisté autrefois. Il n'imaginait sûrement pas être obligé de surveiller la baignade quotidienne de la nouvelle maîtresse de maison et de son bébé.

Mal à l'aise, le jeune homme baissa les yeux.

— Madeline ne peut pas vous faire de réprimandes, si c'est moi qui vous donne un ordre.

À voir son regard inquiet, elle devinait que Madeline lui ferait tout de même des reproches.

Lasse, elle réprima un soupir.

Lorsqu'elle avait emménagé ici, elle était physiquement et émotionnellement fragile à cause de l'accouchement, elle s'était donc réjouie de l'autorité qu'avait Madeline sur le personnel. Gérer les employés ne l'intéressait pas et, même si elle était l'épouse de Ramos, elle n'avait aucune autorité. Mais tout avait changé, aujourd'hui. Depuis qu'elle ne souffrait plus du baby blues, elle avait compris que Madeline faisait des rapports sur son compte à Ramos.

— Même si vous ne venez pas vous baigner, nous pouvons tout de même pratiquer mon espagnol.

Personne ne pourrait le lui reprocher puisque personne d'autre n'avait le temps de lui apprendre la langue.

— Votre castillan, corrigea-t-il en s'asseyant au bord de la piscine.

Il mit une main dans l'eau et éclaboussa doucement Benjamin, qui éclata de rire.

— Mon castillan, répéta-t-elle.

Elle avait envisagé d'apprendre le catalan, plutôt que le castillan, mais s'était rendu compte que Ramos conversait avec Benjamin dans cette langue et elle n'avait pas envie d'être exclue des conversations entre son mari et son fils.

Elle poussa la bouée gonflable d'avant en arrière en répétant des mots en espagnol par-dessus les cris de joie de son fils que Mateo éclaboussait doucement.

— On dirait que vous vous amusez bien, lança soudain une voix masculine derrière elle.

Mateo se releva d'un bond. Jamais elle n'avait vu quelqu'un se relever aussi vite. Et jamais, non plus, son cœur n'avait battu aussi fort dans sa poitrine.

Elle prit Benjamin dans ses bras puis, rassemblant son courage, se retourna pour faire face à Ramos.

Utilisant Benjamin comme bouclier, pour tenter de cacher les rondeurs de son corps de mère, elle adressa à son mari un sourire aussi large que possible.

— Tu es déjà rentré ? Je ne t'attendais pas avant la fin de la semaine.

— C'est ce que je vois, rétorqua-t-il en foudroyant du regard Mateo.

Sans demander son reste, le jeune homme s'enfuit en direction de la maison, et le regard noir se braqua alors sur elle.

— Nous parlerons quand Benjamin fera sa sieste.

— Parler de quoi ?

Elle était confuse. Pourquoi sa fureur était-elle dirigée contre elle ? Elle n'avait rien fait de mal.

— Attention, Flora, je ne me laisserai pas ridiculiser dans ma propre maison !

Sans un mot de plus, il s'éloigna, la laissant seule, sous le choc, perdue.

Il pensait qu'elle se moquait de lui ? Si quelqu'un avait été ridiculisé, c'était plutôt elle. Il revenait quatre jours plus tôt d'un voyage d'affaires sans même la prévenir, elle, sa soi-disant épouse !

Elle soupira. Elle n'avait plus envie de se baigner.

Elle sécha Benjamin, puis noua une serviette autour de sa taille avant de rejoindre la cuisine.

Depuis quelques jours, elle avait commencé la diversification alimentaire, mais aujourd'hui son fils s'obstinait à garder la bouche fermée, tournant la tête dès qu'elle approchait la cuillère. Peut-être était-il grognon parce qu'il percevait sa mauvaise humeur.

Elle entendit soudain des pas approcher derrière elle, et sa nervosité augmenta d'un cran.

— Tu veux que j'essaye ?

Elle inspira profondément avant de relever la tête. Ramos s'était débarrassé de son costume et portait désormais un short en toile beige et une chemise noire à manches courtes ouverte au niveau du cou.

Ses sens se réveillèrent, et sa gorge se noua. Il était si beau… Malheureusement, sa musculature parfaite ne faisait que lui rappeler qu'elle ne possédait plus sa silhouette d'autrefois. Elle ne ressemblait en rien à toutes les femmes qu'il avait pu rencontrer à Las Vegas.

Si seulement elle s'était changée… Sa serviette masquait mal ses kilos en trop.

Ramos semblait plus détendu qu'à la piscine, mais son regard était toujours aussi noir. Il s'adoucit néanmoins lorsqu'il se tourna vers leur fils.

Se perchant sur un tabouret à côté de la chaise haute de Benjamin, il commença à parler à son fils en espagnol avant de tendre la main vers le bol contenant la banane écrasée. Tout de suite, Benjamin ouvrit la bouche et accepta la cuillère.

Avec son père, son fils acceptait de manger ? Devait-elle rire ? Pleurer ? Elle ne savait plus, elle était perdue.

— Je vais lui donner son goûter. Va t'habiller, lui ordonna Ramos.

Elle foudroya du regard l'homme qui se disait son mari avant de déposer un baiser sur le front de son fils et, en colère, regagna sa chambre. Comment diable Ramos avait-il le culot de lui parler de cette façon ? De la traiter de cette façon ? Comme une simple employée ?

Il avait des reproches à lui faire ? Eh bien, elle aussi !

La rage bouillonnant dans ses veines, elle se débarrassa de son maillot de bain et entra dans la douche, prenant bien garde de ne pas croiser son reflet dans le miroir. Elle détestait se voir nue. Elle détestait son corps.

Enceinte, elle avait aimé les changements que la grossesse lui avait fait subir, y compris ses jambes gonflées. Ces modifications étaient le signe qu'elle devenait une maman. En revanche, chaque fois qu'elle posait les yeux sur son corps, aujourd'hui, son cerveau le comparait à celui des femmes qu'elle avait vues en photo au bras de Ramos au fil des ans, des beautés minces, élancées… Si seulement elle pouvait oublier qu'il l'avait surprise presque nue. Si seulement elle pouvait oublier la répulsion qu'il avait dû éprouver en découvrant les changements provoqués en elle par la grossesse. Et si seulement elle savait ce qui l'avait mis en colère.

Elle était dans son dressing, vêtue seulement d'une culotte et d'un soutien-gorge, à hésiter sur la robe qu'elle allait mettre, lorsque la porte de sa chambre s'ouvrit brusquement.

Sa suite était conçue de la même manière que celle de Ramos. À l'opposé du lit se trouvaient deux arches disposées à angle droit. L'une donnait accès à la salle de bains, l'autre à son dressing. De lourds rideaux pouvaient être fermés pour donner de l'intimité si nécessaire. Jusqu'à présent, elle n'avait jamais eu besoin de les fermer, car Ramos venait rarement dans sa chambre et, quand il venait, il frappait toujours.

Apercevant sa grande silhouette, elle se cacha tant bien que mal derrière le rideau.

— Sors de là !

— Pas avant que nous ayons parlé.

Tremblante, elle passa une robe bustier couleur crème par-dessus sa tête. C'était une robe qu'elle avait achetée avec l'intention de perdre quelques kilos avant de la mettre. Hélas, elle n'avait pas suffisamment maigri, et la robe était encore beaucoup trop serrée à la taille. Elle avait l'air ridicule avec, mais hors de question qu'elle l'enlève et qu'il la voie nue. Elle attrapa alors un short, sur l'étagère derrière elle, et l'enfila sous sa robe. Elle pouvait le porter sans retenir sa respiration, c'était une bonne nouvelle. Elle enfila ensuite un caftan vert tilleul et se débarrassa de sa robe.

Dans le miroir, elle aperçut soudain Ramos, assis sur l'un des fauteuils de la chambre à coucher. Si elle le voyait, cela voulait dire qu'il pouvait la voir lui aussi et donc qu'il avait assisté à tout le spectacle... Les joues brûlantes d'humiliation, elle rassembla son courage. Elle n'avait pas d'autre choix que d'affronter la situation.

Déterminée, elle s'installa dans le fauteuil en face du sien et le regarda droit dans les yeux.

— Tu n'as jamais appris à frapper avant d'entrer ?

— Si.

Son beau visage était fermé, et ses yeux ne laissaient rien transparaître.

— Malgré tout, tu n'as pas frappé.

— Un homme n'a pas besoin de permission pour circuler dans sa maison.

— C'est peut-être ta maison, mais c'est ma chambre, et le fait que tu entres sans ma permission est une invasion de ma vie privée !

— Ton chiot est-il venu ici ?

— Quel chiot ?

— Ton chiot. Mateo. Je crois savoir que vous avez développé une certaine… proximité.

À ces mots, tout s'éclaira en elle mais, abasourdie, elle demeura bouche bée.

— Tu penses que j'ai une liaison avec Mateo ?

— C'est le cas ?

— Tu me dégoûtes !

— Je t'ai posé une question, j'attends une réponse.

— Bien sûr que non, je n'ai pas de liaison ! Mateo est juste un ami. Je n'ai pas le droit d'avoir des amis ?

— Mateo est un employé.

— Et alors ?

— Il flirtait avec toi.

— Ne sois pas ridicule ! Il a presque sept ans de moins que moi.

— Tu as bien sept ans de moins que moi. Quelle est la différence ?

— Je viens d'avoir un bébé, voilà la différence.

— Je vous ai vus de mes propres yeux. Vous étiez en train de rire ensemble…

— Nous étions en train de rire, et donc tu en déduis que nous entretenons une liaison ? Bravo, Hercule Poirot, quelle perspicacité !

— Tu penses que la situation est amusante ? rétorqua-t-il d'un ton qui lui donna la chair de poule.

— Je pense que la situation est hilarante !

— Tu viens de passer cinq mois à garder tes distances, à prétexter que tu es trop fatiguée pour te joindre à moi…

— C'est la vérité, j'étais fatiguée !

— Je n'ai pas insisté parce que je savais que tu te remettais de l'accouchement et que tu t'adaptais à la maternité, poursuivit-il comme si elle ne l'avait pas interrompu. Et tout à coup je rentre d'un voyage stressant et je te surprends à moitié nue, en train de rire avec un autre homme.

— J'étais en maillot de bain et je n'étais pas avec un autre homme, j'étais avec Mateo. Par ailleurs, je trouve assez drôle que tu puisses imaginer qu'un jeune homme dans la fleur de l'âge puisse avoir envie de flirter avec une femme mal fagotée de presque vingt-cinq ans, dotée d'un ventre qui ressemble à une bouée !

— Je ne connais pas la signification de l'expression *mal fagotée* mais, d'après ton intonation, je suppose que ce n'est pas un compliment, alors laisse-moi te dire que tu n'es pas mal fagotée. Et, que tu aies du ventre ou pas, tu es une jeune femme attirante. Une jeune femme attirante et riche.

Il la trouvait attirante ? Troublée, elle avala tant bien que mal sa salive et se força à rester concentrée. Si seulement ses sens ne s'emballaient pas à chaque fois qu'elle était près de lui… Hélas, même avec toute la tension et toute la colère qui couvaient entre eux, sa peau pétillait, et son cœur battait à une allure folle.

— Mateo m'aide juste à apprendre l'espagnol. Je n'ai pas d'amis dans ce pays, et Benjamin est trop jeune pour que je puisse partir et rendre visite à mon frère.

À la mention de son frère, elle vit ses traits se crisper un peu plus. Justin, qui vivait dans sa maison de Londres depuis son retour en Angleterre, était un sujet qu'ils n'abordaient jamais. De toute façon, ils ne parlaient pas de grand-chose, à l'exception de leur fils.

— Ne t'inquiète pas, je t'ai promis que Benjamin ne verrait pas Justin.

Faire cette promesse lui avait brisé le cœur.

— Je ne vais pas l'emmener en Angleterre, et il est hors de question que Justin mette les pieds en Espagne, il est convaincu que tu engagerais un tueur à gages pour lui régler son compte. Ce qui veut dire que je suis seule, ici. Mateo est le seul membre du personnel qui accepte de discuter avec moi. Les autres me traitent comme une invitée, ils ne me consultent sur rien. Même les gardes du corps ne me répondent que par des grognements. Tu sais très bien que je n'ai pas de liaison parce qu'ils m'observent tous et te font un rapport, alors comment as-tu le culot de m'accuser de… Toute cette histoire est risible !

— Pourquoi risible ?

Elle leva les yeux au ciel. Il ne savait pas ? La réponse était pourtant évidente.

— À ton avis ?

— Explique-moi.

Pour toute réponse, elle lui montra son ventre, et il haussa les épaules.

— Je ne sais pas ce que tu vois, mais ce que moi je vois, c'est que tu es aussi belle qu'avant. Peut-être même encore plus. Et, si je suis possessif, c'est simplement parce que tu es ma femme.

— Je ne suis ta femme que sur le papier ! cria-t-elle avant de soupirer. Avoir une liaison ne m'intéresse pas, mais ce n'est pas une raison pour que je reste à la maison sans voir personne, alors que tu peux prendre toutes les maîtresses que tu veux.

Elle mit les mains sur ses hanches pour qu'il ne puisse pas les voir trembler.

— Je te demande simplement de faire preuve de discrétion dans tes aventures. Un jour, Benjamin sera assez grand pour lire et il pourrait être contrarié de découvrir des détails de la vie sexuelle de son père étalés dans la presse, comme c'est arrivé avec Aimee et toutes les autres avant elle.

Fière d'avoir réussi à dire ce qu'elle avait sur le cœur sans que sa voix craque, elle se força à maintenir un contact visuel avec lui. Elle voyait des lueurs tourbillonner dans ses prunelles. Malheureusement, elle ne parvenait pas à les déchiffrer.

— Tu es donc d'accord pour que j'aie des maîtresses ?

— Absolument.

Elle serra les poings, priant pour que ce ne soit pas un mensonge et être capable de l'accepter.

— Tu ne veux pas que ton mari te soit fidèle ? insista-t-il, visiblement incrédule.

— Si j'étais mariée à un homme que j'aimais et que nous

partagions un véritable mariage, j'exigerais sa fidélité, mais je ne suis pas naïve. Comme les léopards qui ne peuvent pas se débarrasser de leurs taches, certains hommes sont incapables d'être fidèles, et tu en fais partie.

— Tu m'as l'air d'une experte.

— Une experte des infidélités des hommes, oui. Mon père est un coureur de jupons, Justin aussi.

Elle était encore bébé quand sa mère avait mis son père à la porte, après l'avoir découvert au lit avec une autre femme, beaucoup plus jeune. Elle ne l'avait jamais dénigré devant elle, mais elle était ensuite restée seule, preuve qu'elle ne s'était jamais remise de cette rupture. À son grand désespoir, Justin était exactement comme leur père. Du moins, il l'avait été, car depuis sa sortie de prison il menait une vie de reclus.

— Si je comprends bien, ton père et ton frère sont infidèles, donc je suis forcément infidèle.

Elle répondit d'un simple hochement de tête. Elle n'avait pas envie qu'il sache à quel point elle souffrait de l'imaginer dans les bras d'autres femmes.

— Je te connais depuis que je suis enfant et je ne t'ai jamais vu deux fois avec la même femme.

Elle repensa à Miranda et à toutes les femmes qu'elle avait vues en photo, notamment celles présentes à sa fête d'anniversaire, au bord de la piscine, cette fête à laquelle elle avait bêtement laissé sa mère la convaincre d'aller… Sa raison la rappela à l'ordre, et elle repoussa ces images, priant pour que son malaise ne se voie pas sur son visage.

— J'ai eu de nombreuses maîtresses, je ne le nie pas, mais je n'ai jamais menti et je n'ai jamais triché.

— Tu m'as dit que tes maîtresses ont toujours su que tu ne leur serais pas fidèle.

— C'est vrai. Il n'y avait donc pas de tromperie. Mon père a trompé ma mère, plusieurs fois. J'ai vu les dégâts que les liaisons peuvent engendrer et, franchement, je trouve insultant que tu m'imagines de cette façon.

— Si je t'ai insulté, je m'en excuse. Ce n'était pas mon intention.

— Je pourrais accepter tes excuses si j'y croyais. En attendant, je te remercie de me permettre de séduire les femmes qui me tapent dans l'œil. Je garderai à l'esprit ton ouverture d'esprit et ta générosité. Moi, par contre, je suis un peu moins ouvert, et ma générosité ne va pas jusqu'à te permettre de faire de même.

— Me permettre ? Qui es-tu pour me permettre de faire quoi que ce soit ?

— Je suis ton mari et je te rappelle qu'il n'y a pas de prescription pour le crime de Justin à Monte Cleure. Je peux faire rouvrir le dossier contre lui à tout moment.

Les mots prononcés cinq mois plus tôt revinrent à son esprit. *« Sois gentille avec moi, et je serai très généreux. »*

— Tu me menaces ?

— Je ne fais jamais de menaces, *querida*, seulement des promesses. Considère mes mots comme un avertissement.

Elle plongea le regard dans les yeux de feu et de glace qui la dévisageaient.

— Tout l'argent que tu m'as donné se trouve sur un compte en banque anglais que tu ne peux pas toucher. J'accumule les intérêts en prévision du jour où j'en aurai besoin, et sache qu'il y a déjà plus qu'assez pour payer les meilleurs avocats pour Justin. Considère mes mots comme un avertissement.

6.

Ramos allait exploser, forcément, elle venait de le menacer d'utiliser son argent contre lui.

Il était généreux, elle ne pouvait pas le nier. Grâce à lui, elle avait pu rembourser son hypothèque et le prêt bancaire qu'elle avait contracté pour payer les avocats de Justin. À part quelques vêtements et articles de toilette, elle ne dépensait rien pour elle-même et se constituait un joli pécule, depuis cinq mois.

Elle continua à attendre l'explosion. Ses yeux noirs étaient toujours fixés sur les siens, et elle voyait les émotions tourbillonner dans ses prunelles.

À sa grande surprise, il finit par croiser les bras, secouer la tête et lâcher un petit rire.

— Je vois que tu es vraiment redevenue celle que tu étais avant la grossesse. J'avais vu les changements… J'espérais…

Interloquée par son changement d'attitude, et par ce qui ressemblait à un compliment, elle écarquilla les yeux.

— Je savais que les femmes avaient besoin de quelques mois pour se remettre d'un accouchement, mais j'ignorais qu'il faudrait autant de temps pour que la Flora que j'ai connue autrefois revienne à la vie, poursuivit-il en lui adressant un clin d'œil… Bon, si j'ai bien compris, tu n'es pas satisfaite de la façon dont mon personnel te traite.

Désorientée, elle se contenta d'acquiescer et de se racler la gorge.

— Ils me traitent comme une invitée, à l'exception de

Mateo qui est le seul à me considérer comme un être humain qui mérite le respect.

— Je suis désolé si j'ai mal interprété la situation.

Surprise, elle écarquilla à nouveau les yeux.

— Tu t'excuses ?

— Oui, je m'excuse. Tu sais, ces dernières semaines ont été difficiles pour moi également. La distance me pèse, et la première chose que j'ai découverte en arrivant chez moi c'est ma belle épouse, que je n'ai pas vue sourire depuis qu'elle a emménagé ici, en train de rire avec un beau jeune homme. Je… Je n'aurais pas dû tirer de conclusions hâtives.

En entendant Ramos la qualifier de belle, et presque admettre sa jalousie, elle sentit son cœur se serrer. À son grand regret. Elle ne voulait pas être touchée. Elle ne voulait pas être émue.

— Tu veux donc que le personnel te traite comme la maîtresse de maison ?

— Je veux qu'ils me considèrent comme ta femme et qu'ils me respectent.

Son regard soutint le sien, et elle retint son souffle. Elle commençait à avoir le vertige.

— Ils te respectent, *querida*.

— Ils m'espionnent.

— Ils te surveillent, c'est vrai, sur mes instructions. Mais tu dois savoir que ce n'est pas facile pour eux de te considérer comme mon épouse si tu n'agis pas comme telle. Un mariage est l'union de deux personnes et, jusqu'à présent, il n'y a pas eu d'unité entre nous. J'en suis en grande partie responsable. Je n'aurais jamais dû t'installer dans cette chambre d'amis. Je ne t'y ai mise que parce que tu étais fragile après l'accouchement et que tu avais besoin de temps pour récupérer, pour t'adapter à notre nouvelle vie. Je me rends compte aujourd'hui que c'était une erreur. Cette distance a créé de la méfiance entre nous. L'incident de la piscine en est la preuve.

— Il n'y a jamais eu de climat de confiance entre nous, répondit-elle en tremblant.

— Alors il est temps pour nous de construire cette confiance, pour le bien de notre fils. Il est temps pour nous de bâtir un véritable mariage.

Devinant la direction vers laquelle Ramos les emmenait, elle sentit une chaleur étourdissante commencer à lui emplir la tête. Sa bouche s'assécha. Les battements de son cœur s'intensifièrent.

— Que veux-tu dire ?

Elle posait la question, mais connaissait déjà la réponse.

Il tendit un bras et prit sa main gauche. Il la retourna et traça un cercle sur sa peau sensible. Instantanément, un délicieux frisson glissa le long de son dos.

Il se rapprocha. Son genou touchait presque le sien, maintenant. Il caressa son annulaire, et elle riva le regard au sien. Aussitôt, les lueurs qu'elle lut dans ses prunelles lui donnèrent le vertige.

— Tu es ma femme, et je suis ton mari. Il est temps pour nous de construire un véritable mariage ensemble, avec toi dans mon lit et ma bague à ton doigt.

Son parfum envahit ses sens, et sa tête se mit à tourner. Les images de la nuit qu'ils avaient partagée l'étouffaient. Elle ne pouvait plus chasser le souvenir des caresses de ses mains et de sa bouche. Il était si vif qu'elle pouvait presque sentir la sensation de ses doigts sur sa peau.

Tremblante, elle retira sa main.

Consciente d'avoir été à deux doigts de retomber sous son charme, consciente aussi que son visage était rouge pivoine, elle rassembla le peu de dignité qui lui restait.

— Excuse-moi, mais tu ne peux pas exiger du jour au lendemain que je partage ton lit.

Il lui adressa un sourire malicieux.

— Je n'exige rien, mais tu as fait ton choix quand tu as signé notre certificat de mariage.

— Cela ne veut pas dire que tu peux exiger que j'accomplisse mon devoir conjugal.

— Qui a parlé de devoir conjugal ? J'ai simplement dit que tu allais partager ma chambre et mon lit, rien de plus.

Il se leva et lui fit un clin d'œil.

— Je suis sûr que tu seras d'accord pour dire que partager un lit devrait aider à guérir la jalousie irrationnelle dont nous semblons tous les deux souffrir.

— Je ne suis pas jalouse !

Où diable avait-il trouvé cette idée ? Ne lui avait-elle pas pratiquement donné carte blanche pour avoir toutes les aventures qu'il voulait ? Elle ne lui aurait jamais donné sa bénédiction si elle avait été jalouse.

— Tout change à partir de maintenant. Nous choisirons une alliance demain, et je demanderai à Madeline de déménager tes affaires dans ma chambre quand nous sortirons ce soir.

— Nous sortons ce soir ?

— Oui, *querida*. Un rendez-vous galant avec ma magnifique épouse.

Sans attendre sa réponse, il sortit de sa chambre, la laissant sous le choc devant les dégâts provoqués par la bombe qu'il venait de lancer, la paume de sa main encore brûlante de ses caresses.

Depuis cinq mois qu'elle vivait à Barcelone, elle n'avait jamais quitté la villa sans son fils.

Avec un peu d'appréhension, elle embrassa son petit visage endormi et lui souhaita une bonne nuit. Avec encore plus d'appréhension, elle sortit ensuite sur le palier et aperçut Ramos qui l'attendait sur l'un des canapés en velours bleu du salon. Vêtu d'un élégant costume marine et d'une chemise noire à col ouvert, il tenait un verre de bourbon dans une main et, de l'autre, lisait quelque chose sur son téléphone.

Émue, elle retint son souffle. Les battements de son cœur résonnaient bruyamment dans ses oreilles. Ramos était vraiment l'homme le plus beau du monde. Du sommet de ses cheveux bruns jusqu'au bout de ses orteils, il incarnait la perfection. Il n'y avait pas une seule partie d'elle qui n'avait pas envie de lui, et pas une seule partie d'elle qui n'avait pas, en même temps, envie de le frapper.

Comment était-elle censée partager un lit avec lui sans perdre la tête ? Après le choc de son annonce, il lui avait fallu rassembler toutes ses forces pour que son vertige se dissipe. Il possédait un vrai don pour retourner n'importe quelle situation à son avantage.

S'agrippant fermement à la balustrade, elle se rappela sa demande en mariage. Sans doute avait-il déjà, à ce moment-là, planifié tout leur avenir. Quand Ramos avait décidé de faire quelque chose, il voulait que ce soit fait hier. D'ailleurs, elle était étonnée qu'il ait attendu cinq mois avant de l'obliger à partager la chambre conjugale, surtout si son intention était de l'y installer dès le début.

Une minute, ils se disputaient parce qu'il était jaloux de Mateo, ce qui était ridicule, et la minute suivante il lui annonçait qu'ils allaient partager un lit ? Pas étonnant qu'elle ait eu l'impression de perdre la tête.

Sur le plan émotionnel, son rétablissement avait pris beaucoup de temps. Le bonheur qu'elle avait ressenti en donnant naissance à son fils avait été voilé par l'absence de sa mère. À son grand regret, Benjamin ne connaîtrait jamais sa grand-mère.

Ramos avait perçu sa nostalgie. Oui, il était souvent autoritaire et impulsif, mais il était aussi capable d'empathie, ce qui ne faisait que gonfler son cœur. Et augmentait encore le danger.

Elle n'était pas comme ses autres maîtresses, elle ne pourrait jamais être comme elles, elle n'était pas faite de ce bois. Adolescente, elle détestait la façon dont Ramos et son frère traitaient les femmes même si, peu à peu, elle avait découvert que ces dernières étaient d'accord. Elles non plus ne cherchaient pas à s'engager.

Aujourd'hui, elle était encore plus différente de ces femmes. Elle avait eu un enfant. Son corps en portait les stigmates et les porterait jusqu'à la fin de sa vie.

Son père avait trompé sa mère à la suite de ses deux grossesses avec des femmes plus jeunes dont le corps était plus ferme. Alors qu'il était censé aimer sa mère ! Ce qui voulait dire qu'à coup sûr ses rondeurs révulseraient Ramos.

Elle ne pouvait pas permettre la moindre intimité entre eux. Elle ne pouvait pas. C'était impossible. Elle n'oserait jamais.

Comme s'il avait senti son regard sur lui, il leva les yeux vers elle. Aussitôt, comme par magie, le gonflement de son cœur menaça de l'étouffer.

— Tu es magnifique, murmura-t-il lorsqu'il la rejoignit en bas de l'escalier.

Ses joues s'empourprèrent, et elle haussa les épaules pour se forcer à rester détendue.

— Il m'a fallu beaucoup d'efforts.

Elle avait choisi une robe noire à pois rouges avec un col de type kimono, des manches courtes et une jupe bouffante qui mettait en valeur ses hanches. Lorsque Madeline avait remonté la fermeture Eclair pour elle, elle avait retenu son souffle, persuadée qu'elle resterait coincée au milieu de son dos. Finalement, la fermeture n'avait pas posé problème. Pour ses pieds, elle avait choisi une paire d'élégantes chaussures noires pointues avec un petit talon, et elle avait rassemblé ses cheveux châtains en un chignon lâche.

— Cela fait longtemps que tu n'es pas sortie ?

— Mon dernier rendez-vous était avec une sage-femme, alors oui.

— J'espère que cette soirée compensera tout ce que tu as manqué.

— Où allons-nous ?

Allait-il lui répondre ? Lorsqu'elle lui avait posé la question, un peu plus tôt, il n'avait rien dit, lui ordonnant simplement de choisir une tenue chic.

— Je peux te l'avouer, maintenant. Nous allons dîner, puis voir un ballet.

Lorsque le chauffeur sortit du domaine, elle se retourna pour jeter un dernier coup d'œil à la villa.

— Tout se passera bien, lui murmura Ramos, lisant à l'évidence dans ses pensées. Madeline a trois enfants et huit petits-enfants. Elle a l'habitude des bébés.

— Je sais, c'est juste que je ne l'ai jamais quitté auparavant.

— Ne t'inquiète pas, il ne se rendra même pas compte que nous sommes partis. En plus, nous ne serons qu'à quinze minutes de route. Maintenant, dis-moi, as-tu déjà vu le ballet *Gisèle* ?

— Oui, trois fois. Et toi ?

— Je n'ai jamais vu aucun ballet.

— Pourquoi ?

Il haussa les épaules.

— Pour être honnête, j'ai toujours pensé que ce n'était pas pour moi.

— Alors pourquoi m'y emmener ?

— Parce que je sais à quel point tu aimes la danse et…

Son téléphone sonna soudain, et il s'interrompit. Il jeta un coup d'œil sur l'écran et soupira.

— C'est mon avocat de Las Vegas. Je suis désolé, j'ai quitté la ville avant de régler les derniers dossiers. Laisse-moi juste prendre cet appel, et ensuite j'éteindrai mon portable.

Pendant qu'il discutait avec l'avocat, elle regarda par la fenêtre le soleil se coucher sur l'horizon et repensa à son vingt et unième anniversaire.

Cette année-là, Ramos lui avait offert des billets pour un ballet.

Elle ne s'attendait pas à recevoir un cadeau de sa part, il avait déjà proposé d'organiser gratuitement une fête dans l'une des salles de réception de son hôtel casino de Mayfair. Elle ne voulait pas accepter son offre généreuse, ni l'inviter, mais sa mère souffrait d'un cancer et elle considérait Ramos comme un second fils. Elle s'était donc sentie contrainte de dire oui à tout.

Lorsqu'il était arrivé avec son frère, elle avait été obligée d'embrasser sa joue. Ses poumons s'étaient aussitôt remplis de ce parfum épicé qu'elle détestait tant. Elle le détestait parce qu'il l'enivrait. Ce parfum était l'une des nombreuses choses qu'elle avait prises en grippe chez lui, quand elle était adolescente, il lui donnait l'envie quasi constante de le suivre et de le renifler.

Elle pouvait sentir ce parfum, ce soir, et à chaque inspiration elle sentait sa tête se mettre à tourner un peu plus.

Comme envoûtée, elle replongea dans ses souvenirs.

Elle revit ses amis, s'attroupant autour de lui comme une bande de mouettes autour d'un sandwich abandonné sur la plage. Sur le coup, elle avait eu envie de les gifler, une réaction qui l'avait beaucoup perturbée.

Elle se souvenait d'avoir attiré son attention, de l'autre côté de la salle de réception. Il était au milieu d'une conversation avec son frère et s'était arrêté de parler pour la fixer. C'était la première fois de sa vie qu'elle avait croisé son regard et qu'elle l'avait soutenu. Elle l'avait soutenu parce qu'elle n'avait pas eu le choix, elle avait été incapable de détourner les yeux. Elle avait été piégée, aimantée, hypnotisée. D'ailleurs, elle serait peut-être encore là-bas, clouée au sol, si son amie Molly ne lui avait pas tendu un verre.

Puis il s'était approché d'elle et l'avait invitée à danser. L'excitation qui avait parcouru ses veines, à cet instant, le battement rapide de son cœur… Elle n'avait jamais rien vécu de tel. C'était le moment le plus effrayant de sa vie. Mal à l'aise, elle avait donc dansé avec lui, retenant sa respiration pendant toute la chanson pour empêcher son parfum épicé d'envahir ses poumons, puis elle était partie sans un mot, déterminée à ne plus jamais commettre cette erreur. Jamais.

Le lendemain, le jour de son anniversaire, quelqu'un avait frappé à la porte de la suite où Ramos les avait installées, elle et sa mère. Un groom lui avait remis un paquet-cadeau. Dans la boîte fermée par un magnifique nœud se trouvaient des billets pour la représentation de Cendrillon à Paris, ce soir-là. Il y avait aussi des billets d'avion aller-retour en première classe pour elle et sa mère, et un petit mot indiquant qu'une suite avait été réservée pour elles dans son hôtel parisien.

Sa générosité avait ravi sa mère, mais elle l'avait terrifiée. Il lui suffisait de repenser à ses bras, pendant leur danse, pour frissonner de tout son long. Malheureusement, sa générosité ne pouvait pas être ignorée. Elle lui avait donc écrit une courte lettre, après la représentation, pour le remercier.

— J'ai réfléchi, lança soudain Ramos, la sortant de ses pensées, en rangeant son téléphone dans sa poche. Maintenant que tu fais ton retour dans le monde, il est temps pour nous d'engager une nounou. Madeline est heureuse de faire du baby-sitting pour nous le soir, mais elle a sa propre famille, et nous ne pouvons pas lui demander de travailler tard.

— Est-ce bien nécessaire, si nous sortons juste une fois de temps en temps ?

Elle avait accepté de laisser Benjamin à Madeline uniquement parce que son fils la connaissait et qu'elle savait que la gouvernante s'occuperait de lui comme s'il était le sien.

— Ce sera plus qu'une soirée de temps en temps, et cela nous facilitera la vie d'avoir quelqu'un sur place. Je pense aussi à toi. Tu n'en as pas encore parlé, mais je sais que tu aimais travailler et j'imagine que tu as envie de reprendre ton activité. Nous pourrions d'ailleurs transformer une des chambres d'amis en atelier.

Elle dirigeait une petite entreprise depuis la maison qu'elle avait achetée avec sa part de l'héritage de sa mère. Elle concevait et créait des patchs de broderie sur mesure.

Depuis la naissance de Benjamin, elle avait l'impression que toute sa créativité l'avait abandonnée et elle n'avait guère songé à reprendre son activité. Apparemment Ramos avait réfléchi pour elle. Son cerveau affûté pensait déjà au jour où elle se sentirait prête à donner de nouveau libre cours à sa créativité.

Priant pour que son cœur retrouve une allure normale, elle riva le regard au sien. Comment un seul homme pouvait-il posséder des facettes si différentes, la prévenance et l'empathie mais aussi la vengeance et la cruauté ? Était-elle masochiste si elle souhaitait qu'il fasse preuve de davantage de cruauté envers elle, juste pour avoir moins de mal à le détester ?

Malheureusement, ces traits de sa personnalité ne l'avaient jamais empêchée de le désirer. Le traitement odieux qu'il lui avait réservé après leur corps-à-corps ne l'avait pas empêchée de rêver de lui.

La voiture s'arrêta soudain.

Ils étaient arrivés à l'Opéra.

7.

Les restaurants autour de l'Opéra grouillaient de clients qui mangeaient un morceau avant la représentation.

Ils passèrent devant la salle de spectacle, puis Ramos l'entraîna dans une rue étroite qui semblait avoir connu son heure de gloire des siècles plus tôt. Quelques minutes plus tard, il s'arrêta devant une porte à la peinture écaillée, frappa et, perplexe, elle fronça le nez. Où étaient-ils ?

Comme s'il percevait son inquiétude, il la rassura d'un clin d'œil. Un vieil homme leur ouvrit et les salua comme s'ils faisaient partie de la famille. Ne comprenant pas un mot de ce qu'il disait, elle se contenta de suivre Ramos. Elle était de plus en plus curieuse. Au bout d'un long couloir, ils pénétrèrent enfin dans une grande salle au décor digne d'un conte fantastique. Des tables étaient placées autour d'une fontaine dont le ruissellement lui faisait l'effet d'une envoûtante bande-son.

— Où sommes-nous ?

— Dans le secret le mieux gardé de Barcelone.

Un peu timide, elle s'installa à une table sur laquelle trônait un magnifique bouquet de fleurs.

— Le spectacle commence bientôt, donc nous prendrons le menu express, mais nous pourrons revenir une autre fois, si tu le souhaites.

Un serveur leur apporta une bouteille de vin blanc et, sans réfléchir, elle accepta un petit verre. Pourtant, même avant de tomber enceinte, elle n'avait jamais été une grande buveuse.

Elle avala une petite gorgée avant que le serveur leur apporte leur entrée, un gaspacho aux amandes. La soupe était si fraîche et si soyeuse qu'elle aurait volontiers plongé le visage dedans. Gourmande, elle la dégusta vite, ainsi que le pain croustillant avec lequel elle avait été servie. Puis, se détendant peu à peu, elle but une nouvelle gorgée de vin.

— À propos de la nounou… J'accepte ta proposition. À condition d'être impliquée dans le processus d'embauche.

— C'est tout à fait normal. Quel genre de personne as-tu en tête ?

— J'aimerais une nounou qui soit gentille et de préférence jeune. Une jeune femme qui pourrait être une amie.

À ces mots, elle vit son regard se faire plus perçant, signe qu'il réfléchissait.

— Attention, répondit-il après quelques secondes, qui que nous choisissions, il faudra maintenir une certaine distance.

— Je ne comprends pas.

— Tu seras son employeur. Mélanger le travail et le plaisir risque de conduire à un désastre. Tes amies, tu les rencontreras lorsque nous sortirons. Nous sommes d'ailleurs invités à une fête, samedi soir. Tu verras, beaucoup de mes amis ont de jeunes enfants.

— Vraiment ?

Elle était surprise. Dans son souvenir, le cercle d'amis de Ramos et de Justin n'était composé que de fêtards invétérés.

— Les gens évoluent, ils mûrissent, reprit-il, devinant ses doutes.

— Pas tout le monde. Mon père n'a jamais changé, il reste aujourd'hui le même play-boy qu'il a toujours été.

— Mon père également, répondit-il avec un sourire las, tandis que le serveur leur apportait leur plat de porc au caramel.

— Est-ce que je le rencontrerai un jour ?

— Quand il rentrera de vacances.

— Il est en vacances depuis cinq mois ?

— Il a une nouvelle femme.

— Depuis quand ?

— Quelques semaines après notre mariage. Elle a ton âge.

— Tu ne l'as jamais dit.

— Non, parce que c'est sa quatrième épouse depuis la mort de ma mère et que cette union ne durera pas. Elles ne durent jamais.

Ignorant comment répondre, elle préféra rester silencieuse et goûta plutôt la gelée de pomme que le serveur venait de leur apporter. Aussitôt, une sensation de fraîcheur explosa sur sa langue.

— Mon père est si riche qu'il peut profiter de la vie à sa guise, maintenant qu'il est à la retraite. Et quelle meilleure façon de dépenser ses millions qu'avec une jeune et jolie épouse ?

À l'idée d'être abandonnée dans quelques années au profit d'une femme plus jeune et plus jolie qu'elle, elle sentit la nausée la gagner. Elle ne pourrait cependant être écartée que si elle devenait sa maîtresse, lui rappela la voix de la raison. Inutile donc de paniquer.

Elle secoua la tête et revint au présent.

— Ton père n'est-il pas impatient de rencontrer son petit-fils ?

— Si, mais pas au point d'interrompre ses vacances. Je te l'ai déjà dit, il est égoïste. Il n'a toujours pensé qu'à lui, et la situation ne s'arrange pas avec l'âge.

Une conversation passée revint à sa mémoire.

— Il est en Martinique, n'est-ce pas ?

— Pardon ?

— Ton père est en Martinique, n'est-ce pas ? Il y a des années, Justin m'avait invitée chez toi pour le week-end, et maman n'avait accepté qu'à la condition que tu sois absent. Elle t'aimait beaucoup mais elle savait que, lorsque Justin et toi étiez ensemble, vous n'aviez plus aucune limite. Tu devais passer le week-end avec ton père à Barcelone, mais il est finalement parti pour la Martinique, alors tu es rentré à Oxford.

Il était rentré retrouver sa petite amie du moment.

— Je ne me souviens pas.

— Cela remonte à dix ans. Non, onze ans.

Il réfléchit quelques instants, et soudain un sourire se dessina sur son visage.

— Dis donc, tu as une sacrée mémoire !

Plutôt que de lui avouer pourquoi ce week-end particulier était resté gravé dans son esprit, elle haussa les épaules, comme si de rien n'était.

— Était-il parti en Martinique pour une femme ?

— Avec mon père, il est toujours question d'une femme. Ma mère ne lui a jamais fait confiance. Quand j'étais enfant, elle insistait d'ailleurs pour que nous l'accompagnions lorsqu'il partait en voyage d'affaires. Ainsi, il pouvait moins facilement la tromper.

— Pourquoi est-elle restée à ses côtés, si elle pensait qu'il était infidèle ?

— Pour moi. Elle était convaincue que les enfants étaient plus heureux avec leurs deux parents et elle avait raison.

Elle remarqua une trace de mélancolie sur son visage et, émue, elle serra sa cuillère pour s'empêcher de prendre sa main dans la sienne.

— Je suis désolée que tu l'aies perdue si jeune. Tu as dû être dévasté.

Perdre sa mère à vingt-deux ans l'avait dévastée, mais devenir orphelin à dix ans, à l'âge où le pire cauchemar d'un enfant était de perdre sa mère de vue dans un magasin… Rien ne pouvait être pire.

— En effet, j'ai été dévasté. Mais cette expérience m'a également endurci. Quand on perd la personne qu'on aime le plus au monde, à un jeune âge, on apprend que rien ne peut être pire dans la vie. Rien. Il n'y a pas de plus grande douleur donc, lorsque la pire chose qui puisse advenir est arrivée, il n'y a plus rien à craindre. Rien ne peut nous blesser à nouveau.

Sa gorge était si serrée par l'émotion qu'elle avait du mal à respirer. Ramos but un autre verre de vin, puis lui adressa ce sourire diabolique qu'elle détestait et adorait en même temps.

— Puisque le spectacle va bientôt commencer, pourquoi ne me raconterais-tu pas l'histoire ? Je n'ai pas envie d'être perdu et de ne rien comprendre.

Elle savait reconnaître un changement de sujet délibéré quand elle en entendait un, mais cela ne la dérangeait pas. L'important était qu'elle réalisait qu'il était vulnérable et qu'il avait un cœur, et cette découverte la touchait au plus profond de son âme.

Ramos leur avait réservé une loge privée, l'une des loges les plus somptueuses du théâtre, avec son propre bar et un ouvreur pour répondre au moindre de leurs désirs pendant la représentation. Le jeune homme prit la veste de Ramos et leur servit un verre à chacun avant de se glisser hors de la loge. S'ils avaient besoin de lui, ils n'avaient qu'à appuyer sur un bouton.

— La loge t'appartient ?

Elle était ravie de profiter d'une vue aussi imprenable sur la scène mais, à la perspective d'assister à un spectacle dans un espace aussi intime, elle sentit soudain son estomac se nouer.

Ils étaient proches l'un de l'autre, ici, mais ils le seraient encore plus quand ils rentreraient chez eux.

À cette idée, sa nervosité augmenta d'un cran.

— La loge appartient à un ami.

Il s'assit à côté d'elle et étira ses longues jambes.

— Comme je sais à quel point tu aimes le théâtre, j'ai le projet d'en louer une à l'année.

Incrédule, elle écarquilla les yeux.

— Tu es sérieux ?

— Toujours. Ne t'ai-je pas dit que je pouvais être généreux ?

Cet homme qui n'aimait pas la danse était prêt à lui faire un tel cadeau ? Elle était bouleversée. Émue, elle observa son beau visage, son nez droit, sa mâchoire rasée de près. Cet homme bon était aussi beau qu'un dieu de l'Antiquité.

Une alarme se déclencha dans son cerveau, et elle se ressaisit rapidement. Elle ne pouvait pas se permettre de tomber sous son charme.

— « Générosité » pourrait être ton deuxième prénom, Ramos.

Il était d'une nature infiniment généreuse, avec son argent mais aussi avec son temps.

— C'est vrai. Je te rappelle cependant que je t'ai déjà demandé plusieurs fois de m'appeler Alejandro.

— Désolée. Je souffre parfois d'amnésie.

Il éclata de rire, si fort que certains spectateurs se tournèrent vers lui. Quelques instants plus tard, les lumières de l'auditorium se tamisèrent, et la brève lueur d'amusement qu'elle avait aperçu dans son regard disparut.

Les yeux fixés sur la scène, elle allongea ses jambes loin de lui et croisa les bras pour éviter que leurs corps se touchent. Heureusement, les fauteuils de la loge étaient beaucoup plus larges que les sièges ordinaires.

Les lumières sur la scène s'allumèrent enfin, et l'orchestre se mit à jouer. Elle prit une profonde inspiration, elle était impatiente que la magie la transporte.

Mais la magie n'arriva jamais.

Dans cette loge intime, elle était bien trop consciente de la proximité de Ramos pour pouvoir se concentrer sur le spectacle et se détendre.

Au fur et à mesure que le premier acte se déroulait, ses sens se mirent à pétiller, de plus en plus fort. Lentement mais sûrement, Ramos se rapprochait d'elle. Si l'accoudoir ne les avait pas séparés, leurs bras et leurs cuisses se seraient touchés, elle le savait.

Peu à peu, la musique s'infiltra en elle et, alors que la fin du premier acte approchait, elle pouvait percevoir la folie de Gisèle dans les battements de son propre cœur.

C'étaient les mêmes battements qui avaient cessé net quand elle avait compris que Ramos l'avait effacée de sa vie, l'année dernière, et elle savait sans l'ombre d'un doute que, si elle succombait au désir qui brûlait si profondément en elle, elle redeviendrait vulnérable. Et son cœur risquerait à nouveau de saigner.

Quand les lumières se rallumèrent pour l'entracte, elle demeura immobile quelques instants avant de lui faire face.

Il n'avait pas bougé, et son visage affichait un sourire complice.

— Tu as aimé ? lui demanda-t-il.

— J'ai adoré, et toi ?

— Il faudra que j'assiste au spectacle une autre fois.

— Pourquoi ?

— Parce que c'est toi que j'ai regardée, pas les danseurs.

L'excitation l'envahit à nouveau et, instinctivement, elle resserra les jambes pour tenter de stopper la vague de chaleur qui était en train de monter en elle.

Dieu merci, l'ouvreur choisit cet instant pour entrer dans leur loge, et elle en profita pour s'éclipser vers les toilettes.

Dans les sanitaires réservés aux occupantes des loges de première catégorie, une gamme d'articles de toilette et de cosmétiques était à leur disposition. Repérant une brume rafraîchissante qui la tentait, elle en vaporisa quelques gouttes entre ses seins.

Elle remarqua trop tard son parfum enivrant et, honteuse, se mordit la lèvre. À coup sûr, Ramos allait penser qu'elle s'était parfumée pour lui.

De retour dans la loge, elle évita toute conversation avec lui en commandant un cocktail à l'ouvreur et réussit à jouer la comédie jusqu'à ce que les lumières s'éteignent à nouveau.

Elle reprit ensuite son siège, bien décidée à profiter davantage du spectacle. Malheureusement, sa détermination s'évanouit dès que la première danseuse entra en scène.

Ramos venait d'appuyer la tête contre la sienne, ses cheveux doux chatouillant son front, son parfum épicé l'ensorcelant.

Son avant-bras reposait sur l'accoudoir entre eux, ses longs doigts pendant de son côté. Elle resserra les bras autour de sa poitrine et ferma les poings afin que ses doigts ne puissent pas l'atteindre, puis elle croisa les jambes, si fort que son sang avait du mal à circuler.

Malheureusement, rien de ce qu'elle faisait ne pouvait

arrêter l'emprise sur son corps de cet homme qui ne la touchait même pas.

— *Querida ?*

Elle avala sa salive.

— Quoi ?

— N'oublie pas de respirer.

Sans réfléchir, elle tourna le visage vers lui et, aussitôt, le bout de son nez frôla le sien.

Elle respirait, mais ses inspirations étaient irrégulières. Son souffle était court.

Incapable de résister à la tentation, elle croisa son regard hypnotique et, instantanément, il l'aimanta. Son cœur se gonfla, et sa gorge se comprima. Elle ne pouvait plus parler. Elle ne pouvait plus bouger non plus. Elle n'était plus qu'une boule d'émotions.

Il glissa un doigt le long de son cou, puis remonta et saisit doucement son menton. Des gouttes de sueur perlaient sur son front, elle bouillait, elle... Il posa soudain les lèvres sur les siennes et, comme par magie, elles aspirèrent toutes ses pensées rationnelles qui s'évanouirent en un instant.

Avec langueur, le bout de sa langue se mit à danser avec la sienne, et un gémissement résonna dans ses oreilles. C'était elle qui gémissait.

Peu à peu, le baiser s'intensifia, et elle s'abandonna.

Ses doigts s'approchèrent de son oreille et en tracèrent les contours, la brûlant, puis plongèrent derrière pour se faufiler dans ses cheveux. Son cœur battant à toute allure, elle ferma les yeux. Toute raison l'avait désertée.

Les applaudissements du public mirent soudain un terme à son plaisir, et elle revint à la réalité. D'un geste brusque, elle retira sa main de la nuque de Ramos. À propos, quand l'avait-elle mise là ? Elle le repoussa, puis se leva d'un bond et applaudit les danseurs. Déterminée à oublier le baiser, elle les acclama jusqu'à ce que sa gorge soit enrouée.

Sur le court chemin du retour jusqu'à la voiture, elle garda les bras fermement croisés.

Elle l’avait laissé l’embrasser ? Elle n’en revenait pas. Et elle l’avait embrassé en retour ? Elle avait dû perdre la tête ! Il n’y avait pas d’autre explication possible.

À l’arrière de la voiture, elle se blottit contre la portière, essayant de créer le plus de distance possible avec Ramos. Hélas, elle pouvait encore sentir son goût sur sa langue. Ses lèvres la picotaient encore, et son sang rugissait toujours dans ses veines.

— Quelque chose ne va pas, *querida* ?

— Non… Si !

Elle prit une profonde inspiration pour se donner du courage.

— C’était une erreur.

— De quoi parles-tu ?

— Tu sais très bien de quoi je parle.

Il lui adressa un clin d’œil malicieux.

— Le ballet ?

— Arrête de jouer avec moi ! Tu sais très bien que je parle du baiser.

— Ah… ça…

— Oui, ça, et je ne veux pas que tu te fasses des idées.

Il pencha le visage plus près et reprit d’une voix plus rauque :

— Tu essayes de me dire que je ne devrais pas me faire de faux espoirs et imaginer que tu vas te jeter dans mes bras dès que la porte de notre chambre sera fermée ?

Rien qu’à ces mots, sa peau se mit à pétiller. Elle serra un peu plus les poings pour se maîtriser.

— Exactement.

— Message reçu.

— Merci.

— Ce que nous ferons dans notre lit dépendra de toi uniquement. Si tu ne veux rien faire d’autre que dormir à côté de moi, je respecterai ton choix.

Il se rapprocha un peu plus, si près que sa bouche n'était plus désormais qu'à quelques centimètres de la sienne.

— Mais pense à ce que nous avons découvert, à la nuit que nous avons passée ensemble… Nous pouvons à nouveau connaître un tel plaisir, *querida*.

8.

Les battements de son cœur accélèrent à mesure qu'elle montait les marches menant à l'étage de la villa.

Elle s'arrêta devant la porte de sa chambre, de leur chambre et, mal à l'aise, déglutit tant bien que mal.

— Je vais voir comment va Benjamin.

Sans attendre sa réponse, elle ouvrit la porte opposée et se dirigea, sur la pointe des pieds, vers le berceau installé à côté du lit à baldaquin qui serait celui de son fils lorsqu'il serait plus grand.

Benjamin dormait profondément.

L'envie de le prendre dans ses bras, de le serrer contre sa poitrine était presque irrésistible, mais le réveiller aurait été égoïste, alors elle se contenta de caresser ses cheveux.

Elle ne pouvait pas utiliser son fils comme un bouclier contre son père… Ni contre son père ni contre elle-même.

Quelques mois plus tôt, elle avait trouvé la force nécessaire pour traverser une période pendant laquelle elle aurait pu facilement s'effondrer sous le poids de ses peurs et de ses inquiétudes. Elle affronterait aussi cette prochaine épreuve, et elle le ferait la tête haute. En plus, par rapport aux problèmes de Justin, partager un lit avec Ramos était insignifiant.

Tout ce dont elle avait besoin pour y parvenir était de retrouver son calme.

Elle se força à respirer lentement et profondément. Lorsque son rythme cardiaque s'apaisa enfin, elle quitta la chambre de Benjamin. Partager le lit de son mari ne devait pas être plus compliqué que les soirées pyjama qu'elle avait connues quand elle était adolescente. Elle y arriverait, elle survivrait, elle en était tout à fait capable.

Pour la première fois depuis la conception de son fils, elle entra dans la chambre où cela s'était produit.

— Ramos ?

Il n'était pas là ? Elle ne le voyait pas.

— Je suis dans la salle de bains, lui cria-t-il.

Elle se souvenait très bien de sa majestueuse salle de bains. Ils avaient partagé une douche, après leur corps-à-corps et avant qu'il la raccompagne à son hôtel et lui demande s'il pouvait la revoir ce soir-là.

Elle s'approcha de la porte menant à la salle de bains.

— Où sont mes affaires ?

Plutôt que de répondre, il sortit, une simple serviette bleu marine nouée autour de ses hanches puissantes.

Comme par magie, son calme s'envola aussitôt, et ses joues s'empourprèrent.

Tremblante, elle recula et se força à quitter des yeux ce torse aux muscles parfaitement ciselés, qui l'avait tourmentée chaque nuit ces derniers mois.

Comme s'il cherchait à la troubler un peu plus, il la fixa d'un regard brillant pendant quelques secondes qui lui parurent une éternité avant de répondre :

— Je vais te montrer.

À grandes enjambées, il traversa la chambre, les muscles tendus de ses fesses se dessinant clairement sous la serviette.

— Voilà ton dressing.

Elle avait cru que le dressing de la chambre d'amis était grand, mais celui-ci était si vaste qu'une boutique tout entière aurait pu tenir à l'intérieur ! Elle n'en revenait pas.

— Je vais prendre une douche, reprit-il, je vais donc te laisser… À moins que tu ne veuilles te joindre à moi ?

Pour toute réponse, elle le foudroya du regard, et il éclata de rire.

Une fois seule, elle se laissa tomber dans un fauteuil en velours et enfouit son visage entre ses mains.

Adieu son calme. Elle tremblait de la tête aux pieds.

Pourquoi diable l'avait-elle embrassé ? Il la troublait déjà, mais maintenant c'était cent fois pire. Elle n'était plus qu'une boule d'émotions.

Après avoir enfilé son pyjama, elle resta cachée dans son dressing jusqu'à ce qu'elle soit sûre qu'il était au lit. Elle compta ensuite jusqu'à dix et courut jusqu'à la salle de bains, sans un regard dans sa direction.

Là, deux longs plans de vasque se faisaient face. Ses affaires de toilette avaient été soigneusement placées sur l'un d'entre eux. Elle se nettoya le visage, se brossa les dents, puis les cheveux, faisant durer le processus aussi longtemps que possible dans l'espoir de parvenir à retrouver son calme.

Lorsqu'elle revint dans la chambre, Ramos était allongé de son côté du lit.

— Tu as trouvé tout le nécessaire, *querida* ?

— Oui, merci.

L'air aussi détendu que possible, elle se glissa sous le drap. Heureusement, le lit à baldaquin était si large qu'elle pouvait s'étirer sans risquer de toucher Ramos.

Après lui avoir poliment souhaité bonne nuit, celui-ci éteignit la lumière, et commença alors la plus longue nuit de son existence.

Elle qui avait retrouvé le sommeil quelques jours plus tôt en était à nouveau privée, non pas à cause d'un bébé, cette fois-ci, mais à cause d'un beau gosse d'un mètre quatre-vingts qui dormait nu, et profondément, dans le même lit qu'elle.

Pendant trois nuits, elle demeura éveillée, l'esprit tourmenté par l'homme allongé à côté d'elle, devinant qu'il lui suffirait de le toucher du bout du doigt pour qu'il se réveille et mette fin à sa frustration, à sa torture.

Rien que d'y penser, son esprit s'emballait. Elle imaginait

déjà ses caresses expertes, ses baisers envoûtants, ses mains douces et… Et elle ne pouvait plus fermer l'œil.

Ses nuits étaient un cauchemar et ses jours, un enfer. Passer des journées en sa compagnie, assise à ses côtés sur le canapé en cuir de son bureau pour interviewer les nourrices potentielles de leur fils, était la pire des séances de torture. Ils n'avaient jamais été aussi proches physiquement depuis la nuit du ballet.

— Alors, laquelle préfères-tu ? lui demanda-t-il à l'issue du dernier entretien.

Aucune d'entre elles.

Ils avaient rencontré cinq femmes, pour le poste. D'ailleurs, comment Ramos avait-il réussi à organiser ces entretiens en si peu de temps, elle n'en avait pas la moindre idée. Ce qu'elle savait, par contre, c'était que lorsqu'il avait une idée en tête sa détermination ne souffrait aucune limite. Malheureusement, le défilé des candidates lui donnait un peu l'impression d'être comme les enfants dans le film *Mary Poppins*, assistant avec effroi au ballet des nourrices potentielles. Sauf qu'aucune des nounous qu'ils avaient interrogées n'avait un visage sévère comme dans le film. Au contraire, elles étaient toutes belles et souriantes.

Comment allait-elle parvenir à gérer la présence d'une belle femme dormant sous leur toit alors que son imagination se déchaînait déjà à chaque fois que Ramos n'était pas là et qu'elle le pensait en train de séduire une femme ? Elle se posait la question mais… Stop ! Inutile d'envisager le pire.

— Elles me paraissent toutes sympathiques.

Gentilles, souriantes, jeunes, belles, et sans la moindre vergeture, ces femmes auraient toutes eu leur place sur le yacht de Ramos.

— Tu dois bien avoir une préférée, insista-t-il.

— Et toi ?

— Ce que je pense n'a pas d'importance. Elles sont toutes aussi qualifiées les unes que les autres, elles ont toutes d'excellentes références, mais c'est toi qui vas passer le plus de temps avec elle alors c'est à toi de décider.

Nerveuse, elle fit tourner autour de son doigt l'alliance qu'il lui avait offerte deux jours plus tôt. Elle ne pouvait pas s'en empêcher.

Ramos l'avait surprise en s'achetant une alliance assortie et en clamant qu'il voulait annoncer au monde entier qu'il était un homme marié.

Bon sang, pourquoi diable l'avait-elle autorisé à coucher avec d'autres femmes alors que, depuis qu'elle avait treize ans et qu'elle l'avait involontairement aperçu nu, il lui suffisait de l'imaginer avec une autre femme pour avoir la nausée.

Elle était vraiment idiote.

Était-elle tombée sous son charme dès l'adolescence ? Était-elle jalouse ? Non, elle avait perdu la tête, tout simplement et, si elle avait la nausée, c'était juste par empathie pour ces femmes, parce qu'elle savait que Ramos se lasserait très vite d'elles.

Menteuse !

— Tu vas bien, *querida* ?

Sortant de ses pensées, elle cligna des yeux et se força à revenir au présent.

— J'étais juste en train de considérer les différentes options, répondit-elle comme si de rien n'était. Je crois que je préfère Sinead.

— L'Irlandaise ?

— Oui. Je l'ai trouvé gentille, et sincère.

— Rappelle-toi ce que je t'ai dit, tu ne dois pas devenir trop proche d'elle. Tu seras son employeur, pas son amie.

— C'est ton expérience avec Justin qui te fait dire cela ?

Elle s'était posé cette question à plusieurs reprises, ces derniers jours.

Les traits soudain crispés, il hocha la tête.

— Je lui ai offert le poste parce qu'il avait les qualifications requises et qu'il était très doué avec les chiffres. Je lui ai fait confiance.

Le poste en question était celui de directeur financier du groupe Ramos, la société qu'il avait créée à la fin de ses études universitaires grâce au gros chèque que son père lui avait offert. Il avait commencé par acheter des propriétés délabrées dans des centres-villes, puis les avait rénovées avant de les convertir en hôtels de luxe. Il avait fait appel à Justin quatre ans plus tard, le rémunérant grassement.

— Lorsque le trou dans les comptes de mon casino d'Athènes a été découvert, et porté à mon attention, Justin a été la dernière personne que j'ai soupçonnée. Quand je lui en ai parlé, il m'a affirmé que quelqu'un avait dû pirater son ordinateur et voler ses mots de passe. Et je l'ai cru parce que nous étions amis depuis treize ans. Je le considérais comme un frère.

Émue par les émotions qu'elle voyait se refléter sur son visage, elle tendit le bras pour attraper sa main, mais se reprit au dernier moment et posa plutôt la main sur son genou.

— Il t'a vraiment fait mal, n'est-ce pas ?

— Non, *querida*, il ne m'a pas fait mal. Depuis mes dix ans, plus rien ne peut me toucher. Par contre, il a abusé de ma confiance.

— Il te manque tout de même ? lui demanda-t-elle, anxieuse, scrutant son beau visage avec intensité.

— Non.

Elle ne le croyait pas. D'accord, son frère l'avait blessé, mais il lui manquait, forcément.

— Vous étiez si proches… Vous étiez même si proches que j'étais jalouse de toi.

Surpris, il écarquilla les yeux.

— Jalouse de quoi ?

— De votre proximité. J'avais onze ans quand il est parti à l'université, et il m'a terriblement manqué. Je me réjouissais de ses visites, mais quand tu l'accompagnais j'avais l'impression que tu me volais mon frère.

Elle soupira avant de reprendre :

— Je t'en voulais de me priver des moments précieux que j'aurais pu passer avec lui.

— Est-ce pour cette raison que tu me tournais autour ?

Elle sourit en songeant à la petite fille qu'elle était.

— J'étais habituée à ce qu'il n'y ait que lui et moi… Et maman, bien sûr.

— J'étais donc l'intrus.

— Dans mon esprit, oui. J'étais trop jeune pour comprendre ce que cela devait signifier pour toi de renoncer à tes week-ends festifs pour passer du temps à la maison.

Jusqu'à cet instant, elle n'avait jamais pensé à ce que cela pouvait représenter pour un garçon de dix-huit ans orphelin de mère.

Troublée, elle le regarda droit dans les yeux. Si seulement elle pouvait revenir treize ans en arrière et l'accueillir dans sa maison avec la même générosité que sa mère.

— Tu as également été généreux avec ton temps quand maman était malade, dit-elle, émue.

Ses visites apportaient beaucoup de plaisir et de réconfort à sa mère. Il approcha d'elle son beau visage et la regarda droit dans les yeux à son tour.

— Tu vas finir par te rendre compte que je ne suis pas un si mauvais bougre.

— Je l'ai découvert le jour où notre fils est né. Je n'aurais pas pu m'en sortir sans toi. Je…

Elle se tut et se leva d'un bond. Elle n'avait pas le choix. Sinon, elle risquait de tomber à nouveau sous son charme. Il était bien trop proche d'elle, et évoquer la naissance de Benjamin faisait resurgir de trop nombreuses émotions.

— Bon, ça suffit pour aujourd'hui, les compliments. Tu as déjà la grosse tête, je ne voudrais pas que tu restes coincé dans l'encadrement de la porte. Tu veux appeler Sinead et lui dire qu'elle a le poste ?

— D'accord. Pendant ce temps, va préparer Benjamin, je vous emmène faire du shopping. Ma belle épouse a besoin de vêtements et de bijoux pour son entrée dans le monde. Si j'ai de la chance, elle me laissera peut-être l'espionner dans les cabines d'essayage.

Le regard coquin, il déposa un baiser rapide sur ses lèvres et sortit du bureau, se pavanant comme un paon. Devait-elle rire ou pleurer ? Elle n'en avait plus la moindre idée. À côté de lui, elle perdait toute capacité de réflexion.

Elle jeta un coup d'œil par la fenêtre de son dressing et, discrètement, observa Ramos et Benjamin dans la piscine. Elle n'entendait pas les cris de joie de son fils, mais elle les voyait, ainsi que le bonheur sur le visage de Ramos.

Un peu plus tôt, elle s'apprêtait à emmener Benjamin se baigner lorsque Ramos avait fait irruption dans la nurserie, en maillot de bain, et lui avait annoncé qu'il allait les accompagner.

L'idée de porter un bikini devant cet homme qui faisait battre son cœur à toute allure, cet homme capable de voir tous les défauts de son corps, la mettait mal à l'aise, alors elle avait renoncé à sa sortie et lui avait plutôt confié le sac de couches.

— Va donc renforcer les liens père fils. Pendant ce temps, je vais aider Sinead à s'installer.

Comme à son habitude, Ramos avait en effet tout organisé pour que la nourrice emménage sans attendre.

Il l'avait dévisagée quelques secondes, cherchant à lire en elle, avant de hausser les épaules et de prendre Benjamin dans les bras.

Par la fenêtre, elle étudia ses larges épaules et son torse parfait. Elle adorait le regarder et s'imprégner de lui, mais il lui faisait un tel effet qu'elle ne s'autorisait pas à céder à la tentation quand elle était dans la même pièce que lui.

Soudain, il souleva Benjamin dans les airs, et elle observa les muscles de son dos se contracter.

Arrête de le regarder !

Désabusée, elle soupira. Elle pourrait tout aussi bien dire à son cœur d'arrêter de battre, elle ne parviendrait pas à détourner les yeux. Ses efforts seraient toujours vains, elle ne pouvait pas résister à l'attraction qu'il exerçait sur elle. Il était si beau…

Combien de temps encore pourrait-elle supporter cette attirance ?

Le voir ainsi, déambulant dehors avec un short de bain pour unique vêtement, lui rappelait la nuit de la fête autour de la piscine.

Au départ, elle n'avait pas voulu se rendre à cette soirée, elle avait refusé de nombreuses invitations de sa part. Sa fête d'anniversaire dans ce lieu même avait été la seule qu'elle avait acceptée, et parce que Justin le lui avait demandé devant leur mère qui, ayant terminé sa deuxième chimiothérapie peu avant, avait estimé que la vie était faite pour être croquée à belles dents et avait insisté pour qu'elle y aille.

À ce moment-là, elle aurait été prête à se jeter du haut d'une falaise pour faire plaisir à sa mère.

Elle s'était donc rendue à la villa et, pour la première fois depuis ses treize ans, elle avait vu Ramos à moitié nu.

Aujourd'hui, son corps réagissait exactement de la même manière qu'à l'époque, sauf qu'elle ne pouvait plus se cacher.

Le jour de la fête, elle ne se sentait pas du tout à sa place parmi tous ces hommes et ces femmes, tous beaux comme des dieux, qui s'amusaient au bord de la piscine. Au centre de l'attention, entouré de femmes vêtues de bikinis minimalistes, Ramos tenait sa cour comme un roi dans son château. Accablée par ce spectacle, elle avait abandonné son cadeau sur une table, un portrait brodé à la main du chien de son enfance sur lequel elle avait travaillé des heures durant. Elle ne savait pas quoi lui offrir d'autre. Après tout, qu'offrait-on à un homme qui avait tout ?

Il l'avait repérée quelques minutes après son arrivée, ce qui l'avait étonnée, elle avait en effet tout mis en œuvre pour se fondre dans le décor. Son sourire quand il l'avait vue… Il avait presque fait exploser son cœur.

Il lui avait montré du doigt les vestiaires, lui expliquant que c'était là qu'elle devait se changer, mais elle avait vite décidé qu'elle préférerait mourir plutôt que de rester une minute de plus au milieu de ces femmes aux formes idéales.

Elle avait alors passé les vingt minutes suivantes à se cacher dans les vestiaires, puis avait feint d'être malade. Ce n'était pas vraiment un mensonge, son ventre était tellement noué qu'elle avait envie de vomir.

Elle avait donc décidé de rentrer mais, à sa grande surprise, Ramos l'avait suivie.

— Tu ne pars pas déjà, j'espère, lui avait-il lancé, les yeux encore plus brillants que d'habitude, les dents encore plus éclatantes.

— Je ne me sens pas bien, avait-elle affirmé.

Il avait attrapé sa main.

— Si tu ne te sens pas bien, tu ne devrais pas rester seule.

— Ça va aller, avait-elle bougonné avant de retirer sa main de la sienne et de monter dans le taxi.

Sa rencontre suivante avec Ramos avait eu lieu aux côtés de sa mère malade. Il lui avait souvent rendu visite et, à chaque fois, elle était restée, décidée à ne pas manquer une minute de ce qui restait de la vie de sa mère.

Lors de l'enterrement, il avait essayé d'engager la conversation avec elle à plusieurs reprises, lui demandant comment elle tenait le coup et si elle avait besoin d'argent.

— Si tu as besoin de quoi que ce soit, je suis là, avait-il insisté.

Retenant ses larmes, elle avait marmonné un merci avant d'aller rejoindre son grand-père.

Elle ne l'avait revu ensuite que la nuit où ils avaient conçu leur fils. Refoulant ce souvenir, elle le regarda soulever Benjamin en l'air et déposer un baiser sur son ventre rebondi.

Qu'attendait-elle ?

Nuit après nuit, elle partageait son lit, torturée par le désir.

En fait, elle avait peur. S'avouer qu'elle aimait Ramos depuis l'âge de treize ans était une chose, mais sentir qu'elle tombait amoureuse de lui maintenant, en sachant que lui donner son corps reviendrait à lui donner son cœur…

Si elle parvenait à dissocier son corps et son cœur alors tout se passerait bien, mais la seule nuit qu'ils avaient passée ensemble lui avait prouvé qu'elle n'en était pas capable.

Il lui avait déjà brisé le cœur une fois et, même sans le message de son frère, il aurait fini par l'abandonner au profit d'une autre jeune femme, plus belle. Ramos était un play-boy et il le resterait.

Sans doute ne l'avait-il pas encore trompée, mais il n'avait jamais été dans une relation sérieuse auparavant, alors comment pouvait-il savoir comment il réagirait le jour où il se lasserait d'elle ? Comment se comporterait-il quand le désir éphémère qu'il éprouvait pour elle serait fané et que la prochaine jolie fille se présenterait ?

Et si leur relation n'allait jamais aussi loin ? Son corps avait tellement changé depuis leur nuit ensemble qu'il ne la désirait peut-être plus. Comment pourrait-elle supporter son rejet ?

Lorsqu'il lui briserait le cœur, elle souffrirait bien plus que la dernière fois, car elle commençait à l'apprécier. Beaucoup. Si elle ne faisait pas attention, elle finirait même par l'aimer, elle en avait la certitude.

Elle remarqua soudain qu'il l'observait depuis la piscine, et son cœur fit un triple salto dans sa poitrine.

Il leva une main, puis prit le poignet de Benjamin pour que ce dernier lui fasse coucou.

Émue, elle avala tant bien que mal sa salive avant de répondre à son salut.

9.

Un mélange d'excitation et de peur la parcourut tandis qu'elle s'habillait pour la fête à laquelle ils se rendaient ce soir, une fête organisée par un vieil ami de Ramos. Elle n'avait pas osé lui demander si cet ami avait été présent lors de la fameuse soirée piscine qu'elle avait fuie au bout de trente minutes, des années plus tôt, ni si l'un des autres invités de ce soir avait été là. De toute façon, elle ne les reconnaîtrait sans doute pas, en tout cas pas avec des vêtements.

Ramos lui avait simplement expliqué qu'il s'agissait d'une soirée et qu'elle devait s'habiller en conséquence. Elle avait donc passé des heures à choisir une tenue parmi la magnifique gamme de vêtements de haute couture qu'il avait insisté pour lui acheter l'autre jour. Maintenant, il ne lui restait plus qu'à espérer que la robe choisie ne soit pas trop ringarde.

Ignorant quelles chaussures porter avec sa robe blanche, qui lui arrivait sous les genoux, elle soupira avant de se reprendre et de rassembler son courage. Puisqu'elle ne parvenait pas à se décider, elle allait prendre le taureau par les cornes.

Elle attrapa les deux paires entre lesquelles elle hésitait et, d'un pas assuré, sortit de son dressing.

— Ramos ?

Il se retourna et, durant de longues secondes, l'étudia de la tête aux pieds, réveillant sa timidité.

— Ma tenue te convient-elle ?

Elle se sentait d'autant plus anxieuse, tout à coup, qu'il

était vêtu d'un élégant costume gris qui mettait en valeur son physique d'apollon.

— *Querida*… Tu es magnifique.

Soulagée mais gênée par ce compliment, elle brandit sans attendre les deux paires de chaussures. Hors de question qu'il perçoive son émotion.

— Quelles chaussures me conseilles-tu ?

Son regard perçant descendit vers ses pieds dont elle avait peint les ongles d'un beau rouge cerise.

— Tu es incroyablement sexy.

À ces mots, son sang se mit à pétiller dans ses veines, mais elle se força à rester concentrée sur son objectif.

— S'il te plaît, quelle paire ?

— Essaye d'abord les rouges.

Elle s'assit dans le fauteuil en velours et glissa ses pieds dans les sandales rouges à talon avant de se relever.

— Alors ?

— Parfait.

— Cette robe ne me grossit pas trop ?

Pour toute réponse, il se plaça derrière elle, posa les mains sur ses épaules et la fit avancer dans le dressing.

— Que fais-tu ?

— Je t'oblige à regarder.

— Regarder quoi ?

Il l'arrêta devant le miroir.

— Je t'oblige à te regarder, toi.

— Pourquoi ? Je sais très bien de quoi j'ai l'air.

— Ce n'est pas l'impression que tu donnes alors s'il te plaît, *querida*, ouvre les yeux et regarde.

L'air aussi détendu et nonchalant que possible, elle rassembla son courage et fixa son reflet.

— C'est bon, je regarde.

Mais, plutôt que de s'observer, elle, elle dévisagea Ramos.

Il posa le menton sur le sommet de sa tête et, sans la quitter des yeux, fit glisser les mains le long de ses bras.

— Sais-tu ce que je vois ? lui demanda-t-il d'une voix rauque.

Soudain incapable de prononcer le moindre mot, elle secoua la tête. L'expression qu'elle percevait dans son regard lui faisait perdre tous ses moyens.

— Une belle femme. Voilà ce que je vois, chuchota-t-il avant de caresser ses cheveux. Une femme avec une chevelure aussi douce que de la soie.

Du pouce, il effleura la peau palpitante de son cou et, instantanément, un frisson glissa le long de son dos.

— Une femme avec une peau aussi veloutée que du satin.

Ses mains continuèrent leur voyage et se posèrent sur le haut de sa poitrine puis, délicatement, caressèrent ses seins.

Sous le choc, sous le charme, elle laissa échapper un petit cri. Un tout petit cri, mais tout l'air quitta ses poumons.

Il enfouit le nez dans ses cheveux et, troublée, elle se mordit la lèvre. Elle avait l'impression que son souffle chaud pénétrait jusqu'à son cerveau et lui donnait le tournis.

— Une femme avec des seins aussi sensuels que la nuit où nous avons conçu notre enfant.

Elle essaya de secouer la tête pour se reprendre. En vain. Son corps ne lui obéissait plus. L'excitation qui venait de l'envahir l'emportait sur tout. Elle se contenta alors de fermer les yeux, de serrer les dents et de tenter de maîtriser le désir qui pétillait partout en elle.

Ses mains expertes poursuivirent leur chemin et descendirent vers son ventre tandis que sa bouche sensuelle trouvait son oreille et la mordillait.

— Une femme avec un ventre qui a porté notre enfant.

Il commença à remonter sa robe et, tremblante, elle tenta d'avaler sa salive. Elle devait à tout prix l'arrêter, elle tremblait de la tête aux pieds.

— Regarde, *querida*.

Ne regarde pas. Quoi que tu fasses, ne regarde pas.

Incapable de s'en empêcher, elle rouvrit cependant les paupières. Aussitôt, la sensualité qu'elle aperçut dans le regard de Ramos lui coupa le souffle. Oubliant toute prudence, elle le dévora des yeux.

— Regarde, insista-t-il, une main à plat contre son intimité, l'autre exposant son ventre.

Trop occupée à fixer l'apollon qui la couvait des yeux, elle ne prêta aucune attention à son ventre.

— Je vois une femme, reprit-il d'une voix rauque, ses prunelles embrassant son ventre avant de remonter pour s'ancrer dans les siennes. Je vois une femme sexy, féminine et sensuelle, qui m'a offert le plus beau cadeau qu'un homme puisse recevoir. Assume tes courbes avec fierté parce que tu les as gagnées et parce qu'elles te vont à merveille.

Comme prise au piège, elle demeura immobile. Il l'avait hypnotisée. Elle entendait bien une petite voix lui ordonner de repousser sa main, mais la chaleur qui bouillonnait en elle était trop forte, elle la privait de toutes ses forces.

Avec une lenteur calculée, ses doigts experts plongèrent sous l'élastique de sa culotte et, comme par magie, ses genoux commencèrent à vaciller. Seule sa force la faisait tenir debout. Elle ne pouvait plus respirer. Elle ne pouvait plus réfléchir, toute raison l'avait désertée. Son désir avait pris possession de son cœur, de sa tête, de son âme.

Sa main continua à descendre.

Mon Dieu, la sensation !

Un doigt magique se posa sur son bouton de plaisir, s'y attarda, et elle se mit à haleter. Elle était en feu, elle n'était plus qu'une boule d'émotions.

Il augmenta la pression de ses caresses, juste un peu et, à bout, elle arqua le dos. Elle était en train de perdre le contrôle. Ensorcelée, elle agrippa sa hanche tandis qu'il embrassait avec gourmandise son cou. Elle était perdue, elle avait quitté le monde réel.

Incapable de résister à la sensualité, elle posa la tête sur son épaule, ferma les yeux et s'abandonna. Puis, instinctivement, elle commença à bouger le bassin, savourant les caresses de ses doigts magiques. Le plaisir était impossible à contenir.

Il augmenta soudain la pression, et ce fut le coup de grâce. Électrisée par ses caresses osées, envoûtée par son souffle sur sa peau et par les murmures sensuels dans son oreille, elle bascula la tête en arrière et poussa un cri de jouissance.

— Flora ?

Elle l'entendait mais n'osait pas ouvrir les yeux.

Il avait lâché sa robe, qui était retombée sur ses genoux, mais il la tenait toujours fermement entre ses bras puissants, le visage enfoui dans ses cheveux. Des gouttes de sueur perlaient sur son front, ses muscles étaient aussi mous que du coton, elle pouvait encore sentir les éclairs d'extase qui avaient fait exploser chaque parcelle de son corps.

Il murmura à nouveau son nom, mais elle ne répondit pas. Impossible. À la seconde où elle ouvrirait les yeux, la réalité la frapperait, et elle serait confrontée à l'humiliation. Il ne lui avait suffi que de quelques caresses pour perdre la tête !

Il la retourna pour lui faire face avant de poser ses mains brûlantes sur ses joues.

— Flora, regarde-moi.

Elle prit une profonde inspiration pour rassembler son courage, ouvrit les yeux et croisa enfin son regard brillant.

Elle s'attendait à y lire le triomphe, mais non. À sa grande surprise, les lueurs qu'elle découvrit firent s'évanouir toutes ses craintes et redoubler son rythme cardiaque. Elle ne voyait aucun triomphe dans ses prunelles, juste de l'émerveillement.

Pourquoi ? Comment était-ce…

— Ce n'était pas censé arriver !

Pour toute réponse, il éclata de rire avant de l'embrasser avec une douceur inouïe. Dieu merci, il la soutenait, sinon elle se serait effondrée sur le sol.

Il enfouit les mains dans ses cheveux avant de l'embrasser à nouveau, avec une gourmandise si forte qu'elle réveilla tous ses sens, les alluma, les enflamma.

Incapable de résister plus longtemps à la tentation, elle renonça à réfléchir et se fondit dans la chaleur enivrante de sa bouche affamée. Un désir ardent rugissait désormais dans ses veines.

Une sonnerie résonna soudain dans la pièce et, instinctivement, il rompit le baiser et écarta son visage. Elle pouvait toutefois toujours sentir son souffle chaud contre ses lèvres en feu, attisant encore son désir. Sa peau la brûlait. Elle en voulait plus. Beaucoup plus.

La sonnerie continua, et Ramos soupira avant de sortir son téléphone de sa poche. Mais il ne répondit pas. Sans même regarder l'écran, il jeta l'appareil sur le canapé. Puis, les yeux rivés aux siens, il lui tendit la main.

Comme dans un rêve, elle la saisit et le laissa la conduire dans la chambre. Là, il la poussa doucement sur le lit.

Il la fixa longuement, et pendant un instant elle reconnut le regard qu'il lui avait lancé avant que leurs lèvres se frôlent pour la toute première fois, la nuit où elle était allée le voir pour implorer sa pitié.

Ce soir-là, elle avait plongé dans ses yeux sombres et, comme par magie, elle avait perdu le pouvoir de parler. Piégée dans ses envoûtantes prunelles, son cœur battant à toute allure, elle avait été envahie par le besoin de sentir son cœur et avait posé la main sur sa poitrine avant même de se rendre compte de ce qu'elle faisait. Aussitôt, elle avait perdu toute notion de la réalité. Sous le charme, elle avait touché sa joue et avait perdu la tête.

Et voilà que ce soir elle tombait dans le même piège. Malgré toutes ses bonnes résolutions, elle n'avait plus la force de se battre.

En fait, elle n'avait pas envie de se battre.

Ramos retira sa veste et la laissa tomber sur le sol. Puis, sans cesser de la dévisager, il déboutonna sa chemise et s'en débarrassa.

Son cœur lui martelant la poitrine, elle le dévora du regard. Depuis qu'elle l'avait vu nu, alors qu'elle n'était qu'une adolescente, Alejandro Ramos incarnait pour elle la perfection masculine, la norme physique qu'elle exigeait de tous les hommes mais qu'aucun autre ne pourrait jamais atteindre.

Depuis toujours, ses yeux brillants l'hypnotisaient. N'était-ce d'ailleurs pas pour cette raison qu'elle avait toujours évité de soutenir son regard ? N'avait-elle pas été consciente, instinctivement, alors qu'elle n'était encore qu'une jeune adolescente, du danger qui la guettait si elle plongeait dans ses prunelles ?

Curieuse, elle posa les mains sur son pantalon. Son érection était évidente sous le tissu. À cette idée, son intimité se serra, et sa gorge se noua d'impatience. Elle le désirait tant…

Des images osées plein la tête, elle caressa son sexe à travers le tissu. Elle le vit avaler sa salive et, impatiente, se délecta du désir qu'elle décelait sur son visage avant de défaire le bouton de son pantalon.

La mâchoire serrée, il retira le reste de ses vêtements, libérant son impressionnante érection, aussi envoûtante que dans son souvenir. Instantanément, l'intensité de son excitation monta en flèche.

Sans la quitter du regard, il posa ses mains puissantes sur ses cuisses et les écarta. S'agenouillant sur le sol devant elle, il glissa ensuite les mains sous sa robe, la remonta jusqu'à ses hanches. Elle se mordit la lèvre, ses mains agiles sur son corps chaud la transportaient. Son cœur battait maintenant si vite qu'elle avait peur qu'il explose dans sa poitrine. Elle était en feu.

Aimantée par la lueur de désir qu'elle décela dans ses prunelles sombres, elle souleva les fesses pour l'aider à enlever sa culotte. Il retira ensuite ses sandales d'un geste vif.

Son regard conquérant rivé au sien, il déposa un baiser sur un ongle de pied couleur rouge cerise. Sa bouche remonta ensuite sur sa cheville, sur son mollet, sur ses genoux, ses lèvres traçant un chemin de baisers brûlants qui électrisaient tous ses sens.

Il repoussa sa robe vers le haut jusqu'à exposer son intimité. Envoûtée, elle se laissa tomber sur le dos et se mordit la lèvre quand sa langue trouva le point sensible que ses doigts avaient si récemment amené à son apogée.

Alejandro était un magicien. Il pouvait la faire fondre d'un simple regard et la transformer en une boule d'émotions rien qu'en effleurant sa peau. Ses défenses ne faisaient pas le poids face à son pouvoir ensorcelant. De toute façon, elle se sentait si bien qu'elle ne voyait aucune raison de le combattre. Son désir était bien trop intense, son plaisir bien trop fort.

Toute raison l'avait désertée, elle n'avait plus qu'une envie, savourer la sensation de sa peau pressée contre la sienne.

Incapable de patienter une minute de plus, elle défit le bouton de sa robe et la retira. Ramos dégrafa son soutien-gorge et, sans attendre, referma la bouche sur la pointe tendue d'un sein. Il la suça, la lécha, enroula la langue autour du pic, la faisant flotter sur une vague enivrante de plaisir.

La magie de sa bouche, la magie de ses mains explorant les contours de son corps, la magie de ses doigts experts sur sa peau, la douceur de ses cheveux et la dureté de son corps, son parfum musqué… Tout en lui infusait ses sens, les réveillait, alimentant son désir croissant, la laissant pantelante.

Quand il glissa la langue dans son cou et coinça les coudes de chaque côté de son visage pour la regarder, elle plongea dans ses prunelles et, laissant tomber toutes ses défenses, s'y noya.

Elle n'avait plus qu'une envie, ne faire qu'un avec lui. Mue par un désir intense, elle plaqua la bouche contre la sienne, l'embrassa avec passion et s'abandonna à la jouissance.

Leurs langues s'entrechoquaient, dansaient l'une avec l'autre. Oubliant toute retenue, elle enroula les jambes autour de sa taille et se cambra tandis qu'il s'enfonçait profondément en elle. La sensation était si incroyable qu'elle avait l'impression qu'un feu d'artifice de sensations uniques venait d'exploser en elle. Enivrée par sa virilité, elle chavirait.

Il demeura immobile quelques instants avant de relever la tête. Il inspira profondément avant d'enchaîner son regard au sien. L'émotion qu'elle lut sur son visage la pénétra au plus profond de son âme.

Mon Dieu, faites que cette étreinte soit aussi magique pour lui que pour moi, qu'Alejandro ressente un plaisir aussi intense que le mien !

Il l'embrassa une nouvelle fois, et elle referma les bras autour de lui avant de fermer les yeux.

Il continua son va-et-vient, chaque mouvement la rapprochant du paradis, dépassant tous les sommets qu'il lui avait fait atteindre auparavant. Comblée, elle s'abandonna à cette délicieuse torture, et soudain un feu d'artifice explosa en elle, comme un kaléidoscope multicolore, et son nom lui échappa dans un long cri animal. Comme si un fleuve avait rompu ses digues, une vague de plaisir inouï venait de déferler sur elle.

Sous le choc, sous le charme, elle se laissa flotter sur un nuage de plaisir.

Alejandro était l'étoile autour de laquelle son monde tournait, et elle était la Terre, incapable d'échapper à son attraction gravitationnelle.

Était-elle amoureuse de lui ou s'agissait-il juste de désir ?

La réponse, évidente, lui donna le vertige.

Elle avait été amoureuse d'Alejandro Ramos pendant la moitié de sa vie. Au départ, elle avait cru qu'il s'agissait d'une forme de maladie, d'une violente tempête d'émotions qu'elle était bien trop jeune pour gérer ou comprendre. Cette attirance l'avait cependant empêchée de regarder d'autres hommes. Jusqu'à la nuit où ils avaient conçu leur enfant, elle n'avait embrassé qu'un seul garçon, quand elle était au collège.

Elle repensa à leur première nuit ensemble.

Il lui avait fait l'amour avec une tendresse qui avait rempli sa poitrine de tant d'émotions qu'elle avait perdu toute volonté. Dans les mois qui avaient suivi, elle avait souvent regretté qu'il n'ait pas été un amant égoïste. Ainsi, la douleur qui l'avait transpercée lorsqu'il l'avait effacée de sa vie aurait peut-être été moins forte.

Un sentiment de panique l'envahit soudain. Et si tout

cela n'avait été qu'une manipulation de sa part pour lui faire l'amour avant de la rejeter à nouveau ?

— Dis quelque chose, murmura-t-il soudain en relevant la tête.

Elle n'avait pas le courage de le regarder dans les yeux, mais elle avait encore moins le courage de ne pas le faire alors elle plongea dans ses prunelles envoûtantes. Instantanément, les émotions qu'elle découvrit firent disparaître les craintes qu'elle ressentait.

Elle voyait bel et bien des émotions, des émotions puissantes, mais n'avait-elle pas également cru déceler des émotions, cette nuit-là ? N'était-ce pas la raison pour laquelle sa disparition de sa vie lui avait fait aussi mal ?

Enfin, la situation était différente. Très différente. Ils avaient un enfant, désormais. Ils étaient mariés. Il portait à son doigt une alliance qui prouvait au monde entier qu'il lui appartenait.

— Dis quelque chose, répéta-t-il. S'il te plaît. Dis-moi ce que tu penses.

— Qui était au téléphone ?

Il fronça les sourcils, puis lui adressa le large sourire qu'elle détestait tant, ce sourire qui faisait accélérer son pouls.

— Je ne sais pas qui m'a appelé. Maintenant, dis-moi ce que tu penses vraiment, insista-t-il avant de poser un baiser sur son front.

— Nous n'avons pas utilisé de préservatif.

Il éclata à nouveau de rire.

— C'est ta faute, *querida*, tu me fais perdre la tête.

— Tant mieux, tu me fais perdre la tête, toi aussi.

Il lui faisait perdre la tête, mais il lui faisait surtout perdre toutes ses inhibitions. Une heure plus tôt, elle aurait paniqué à la seule idée d'avoir des rapports sexuels non protégés avec Alejandro.

Voilà pourquoi elle avait combattu son désir pour lui pendant si longtemps. Un seul élan de passion incontrôlée, et déjà elle imaginait le magnifique bébé qu'ils avaient peut-être conçu.

Il lui donnait envie… Avec lui, elle voulait… Elle voulait… Elle voulait tout, le vrai conte de fées.

Il l'embrassa à nouveau, plus profondément, plus tendrement. Quand il rompit le baiser, les larmes lui montèrent aux yeux.

Tournant le visage vers elle, il porta sa main à ses lèvres. À son tour, elle roula sur le côté pour lui faire face et noua les doigts aux siens.

— Comment réagirais-tu si nous faisions un autre bébé ? lui demanda-t-il, l'air sérieux.

— Pas malheureuse.

Elle était certaine qu'elle réagirait mal mais, dans la brume de volupté dans laquelle elle flottait à cet instant, l'idée d'avoir un autre bébé – et cette fois-ci de vivre toute la grossesse avec Alejandro à ses côtés – lui réchauffait le cœur.

— Et toi ?

— Pas malheureux non plus.

— Tu aimerais d'autres bébés ?

— Bien sûr. Et toi ?

— Jusqu'à il y a une minute, je n'y avais pas vraiment pensé.

— Moi j'y ai pensé.

Surprise, elle hésita avant de répondre :

— Avec… Avec moi ?

Sans jamais la quitter des yeux, il embrassa le bout de ses doigts.

— Seulement toi.

Troublée par cette révélation, elle déglutit tant bien que mal.

— Tu es sérieux ?

— Flora…

Il soupira et ferma les yeux. Quand il les rouvrit, il l'attira contre lui et lui caressa les cheveux.

— Tu es ma femme. Quelles que soient les circonstances de notre mariage, j'ai choisi de t'épouser.

— Seulement parce que tu ne voulais pas que je te prive de Benjamin ou que je lui dise du mal de toi.

Un sourire triste s'afficha sur son visage.

— Je crois que je n'ai jamais cru, même à ce moment-là,

que tu pourrais me priver de mon enfant. Aucune femme capable de consacrer autant de temps et d'amour à sa mère malade ne traiterait son enfant comme une arme.

Des larmes chaudes jaillirent soudain de ses yeux. D'où venaient-elles ? De la tendresse qu'elle percevait dans sa voix ? Du souvenir de ces jours sombres où elle ne voulait pas quitter sa mère ?

Elle revint au présent et cligna vivement des paupières.

— Pourquoi m'as-tu épousée, si tu savais que je ne te priverais pas de Benjamin ?

Il la fixa en silence durant de longues secondes. Essayait-il de lire en elle ? Il finit par secouer la tête.

— À quoi bon repenser au passé ? Nous sommes ici, nous sommes mariés et nous avons un fils. Si tu souhaites avoir d'autres enfants, je suis partant. Je n'ai pas envie que Benjamin connaisse la même solitude que moi.

Maintenant, c'était à son tour de le fixer et d'essayer de lire en lui. Malheureusement, elle avait du mal. Elle ne voulait pas non plus gâcher le moment en le forçant à prononcer des mots qui risqueraient de la blesser. À l'époque, il l'avait détestée. Aujourd'hui, elle ne voyait pas de haine dans ses yeux.

— Tu me crois maintenant ? À propos de notre nuit ensemble ?

Il appuya le front sur le sien et embrassa le bout de son nez.

— Oui, *querida*, je te crois.

Soulagée, elle fut gagnée par l'émotion.

Jusqu'à cet instant, elle ne s'était pas rendu compte à quel point le fait qu'Alejandro ait cru qu'elle n'avait couché avec lui que pour la liberté de son frère l'avait rongée.

Elle ravala ses larmes avant de reprendre :

— Tu dis que tu n'as pas envie que Benjamin se sente aussi seul que toi. Tu étais un enfant solitaire ?

— Oui. Parce que mon père voyageait beaucoup pour son travail et que nous l'accompagnions, je ne suis pas allé à l'école avant l'âge de dix ans.

— Après la mort de ta mère ? demanda-t-elle en tentant de mettre son émotion en sourdine.

Toutes les femmes réagissaient-elles ainsi après avoir fait l'amour ? Ou était-ce seulement l'effet qu'Alejandro avait sur elle ?

Il acquiesça d'un geste de la tête.

— Avant cela, j'avais un précepteur.

— Tu as dû avoir un choc, le jour où tu es allé à l'école.

— Au contraire, j'étais très content. C'est difficile pour un enfant de se faire des amis quand il ne reste jamais au même endroit plus d'une semaine.

— Personnellement, j'aurais été terrifiée.

— Ma mère est décédée quinze jours avant que je commence l'école. Je te l'ai déjà dit, après sa disparition plus rien ne m'a atteint. Et plus rien ne m'atteindra jamais.

Elle fixa son visage. Ses traits étaient durs, exactement comme quand elle mentionnait le nom de son frère.

Elle caressa la peau de son cou. Si seulement elle pouvait plonger dans son cœur et atténuer la souffrance qu'il avait vécue. Pour la première fois, elle le comprenait. Elle le comprenait vraiment.

Alejandro avait vécu le pire cauchemar possible pour un enfant et, Dieu merci, il avait survécu. Hélas, ce malheur avait endommagé une partie essentielle de sa personnalité. Il était comme ces calamars des profondeurs qui, lorsqu'ils se sentaient menacés, attaquaient le prédateur, puis se retiraient en abandonnant un morceau de leur tentacule. Sauf que, dans le cas d'Alejandro, ce n'étaient pas les prédateurs qu'il attaquait mais les gens qui le blessaient.

Il avait rayé Justin de sa vie sans chercher à comprendre son comportement, il avait simplement tourné le dos à treize ans d'amitié et il était passé à l'attaque.

Quoi que son mari en dise, elle était certaine que le comportement de Justin n'était pas le sien. Il n'était pas dans son état normal, lorsqu'il l'avait volé.

Alejandro s'était coupé de son ami le plus proche, avant

de la rayer de sa vie. Il lui avait fait l'amour avec une infinie tendresse puis, croyant qu'elle l'avait utilisé, il l'avait délibérément ignorée.

Quand Ramos rayait quelqu'un de sa vie, aucun retour n'était possible, elle le savait. Elle était la seule exception à cette règle, et uniquement parce qu'elle était la mère de son fils. Quand il était menacé émotionnellement, il était impitoyable et sans scrupule. Elle ne devait jamais l'oublier.

La dureté de son regard s'adoucit soudain.

— Tu es belle, tu le sais ?

Revenant au présent, elle le remercia d'un sourire.

— Je me souviens t'avoir vue à ton vingt et unième anniversaire... Ce soir-là, j'ai découvert que l'agaçante petite sœur de Justin était devenue une adulte séduisante.

Il l'embrassa une nouvelle fois.

— Tu étais si belle que j'en ai eu le souffle coupé.

Surprise, elle écarquilla les yeux.

— Tu me coupes toujours le souffle.

Lorsqu'il se tut, il l'embrassa, et ce baiser remplaça tous les mots, tous les compliments.

10.

Deux heures et demie après l'heure de départ prévue pour la soirée, ils s'installèrent enfin à l'arrière de la limousine. Elle avait un peu honte d'être en retard, mais pas Alejandro. Il lui fit même remarquer que, généralement, les festivités ne débutaient réellement qu'après son arrivée. Elle ne répondit pas. Elle ne pouvait pas le contredire, elle n'avait jamais été une fêtarde. Au contraire, elle avait toujours préféré les soirées intimes, avec son petit groupe d'amis proches, aux fêtes bruyantes et alcoolisées.

Obligée de se changer – sa robe blanche était froissée –, elle portait maintenant une robe noire et avait attaché ses cheveux en un chignon lâche.

Malgré son envie irrépressible de se blottir contre Ramos, elle se contenta de tenir sa main. Elle flottait toujours sur un petit nuage de bonheur, après leur deuxième corps-à-corps. Les murs de défense qu'elle avait érigés autour d'elle pendant tant d'années commençaient à se fissurer.

Elle était amoureuse de lui, elle ne pouvait plus le nier. Heureusement, elle n'avait pas totalement perdu la tête, elle était encore capable d'être raisonnable. Et, si elle parvenait à maintenir une certaine distance, elle pourrait survivre à son mariage avec cet homme qui ne l'aimerait peut-être jamais.

L'amour comportait des risques, or Alejandro ne se permettrait jamais d'aimer une femme. La probabilité de souffrir était bien trop importante. Il éprouvait néanmoins des sentiments pour elle, des sentiments forts, elle en était certaine. Ceux-ci n'étaient, hélas, pas suffisamment puissants pour qu'il prenne le risque de tomber amoureux d'elle. Le problème, c'est qu'il aurait encore plus de pouvoir sur elle s'il découvrait la profondeur de ses sentiments à son égard. Le point d'équilibre dans leur mariage pencherait encore plus en sa faveur. Et elle souffrirait.

La fête se déroulait dans une villa espagnole traditionnelle, aussi grande et luxueuse que celle d'Alejandro. Les hôtes, Juan et Camila, l'accueillirent en l'embrassant sur les deux joues avant de lui offrir une flûte de champagne. Depuis la conception de Benjamin, elle ne s'était autorisé que quelques gouttes de vin, le soir du ballet, elle savait donc qu'elle devait boire avec modération.

Alejandro avait eu raison quand il avait affirmé que la fête ne débuterait qu'après leur arrivée. À peine avaient-ils pénétré dans la vaste salle que les invités, tous aussi beaux les uns que les autres, se pressèrent autour de lui. La plupart d'entre eux s'exprimaient en espagnol, elle pouvait néanmoins comprendre à leur ton qu'ils lui reprochaient de ne plus faire la fête comme avant. Gênée par leurs regards curieux, elle vida sa coupe de champagne et, avant même de s'en rendre compte, en but une deuxième.

— Laissez-moi vous montrer notre nouvelle piscine, lui proposa soudain Camila en la débarrassant de son verre vide.

Puis, sans attendre sa réponse, elle la prit par le bras.

Avant de sortir, elle jeta un coup d'œil en direction d'Alejandro. Celui-ci lui adressa un clin d'œil complice, et sa nervosité se calma un peu mais, sitôt qu'elle mit un pied sur la terrasse, la chaleur l'écrasa et elle vida d'un trait le nouveau verre que venait de lui tendre Camila.

— Vous êtes la sœur de Justin, n'est-ce pas ? lui demanda la jeune femme alors qu'elles descendaient les marches en marbre menant à la grande piscine.

— Oui.

— Je me souviens de vous. Je vous ai croisée à une fête chez Alejandro, il y a quelques années.

— Vous avez une bonne mémoire.

— Vous étiez la seule à ne pas être en maillot de bain. Ce soir-là, ma sœur espérait qu'Alejandro la remarquerait, mais il n'avait d'yeux que pour vous.

— Je suis surprise, rétorqua-t-elle en sentant ses joues s'empourprer, je ne suis restée qu'une demi-heure et j'ai passé la majeure partie de ce temps cachée dans la salle de bains.

— Après votre départ, Alejandro ne s'intéressait plus à ma sœur, continua la jeune femme en lui donnant un petit coup de coude complice, ce qui était très inhabituel de sa part. C'est pour cette raison que je n'ai pas été surprise lorsque j'ai appris qu'il vous avait épousée, même si vous êtes la sœur de Justin.

Comment devait-elle prendre ce commentaire ? Devait-elle s'en réjouir ou être vexée ? Elle n'en avait pas la moindre idée.

— Votre frère me manque… Vous ne le savez sans doute pas, mais nous avons été amants, il y a de nombreuses années. Ne vous inquiétez pas, je ne vous raconterai pas nos ébats amoureux. Dites-moi juste comment il va.

— Il se sent seul, coupable, honteux.

— C'est normal qu'il ait honte, il a volé son meilleur ami !

— Je sais.

Justin allait vivre avec la culpabilité et les regrets pour le reste de sa vie.

— Malgré ses erreurs, il me manque, et je suis prête à parier qu'il manque aussi à Alejandro.

Elle le pariait, elle aussi.

— Je suis contente qu'Alejandro soit ici, ce soir. Son absence nous avait un peu déstabilisés.

— Je suis désolée. Nous avons été un peu occupés avec Benjamin.

— Il avait cessé de voir ses amis bien avant la naissance. Si je me souviens bien, il a commencé à s'enfermer dans la solitude un peu après la découverte du vol de Justin.

Ce qui correspondait plus ou moins au moment de la conception de Benjamin. Était-ce une coïncidence ?

— De quoi parlez-vous, toutes les deux ? lança soudain une voix grave derrière elles.

— De toi, bien sûr, répondit Camila en gloussant tandis qu'elle s'empressait de boire le reste de son champagne.

Alejandro la dévisagea, amusé. Pour toute réponse, elle haussa les épaules, comme pour lui indiquer qu'elle ignorait combien de coupes elle avait bues, et il reporta son attention sur Camila.

— J'espère que tu n'as pas raconté à ma femme trop d'horreurs à mon sujet.

— Je n'en ai pas encore eu l'occasion, donc si tu pouvais nous laisser seules un peu plus longtemps…

— Non.

— C'est bon, intervint-elle, je connais déjà la plupart des histoires.

Camila éclata de rire avant de dire quelques mots en espagnol à Alejandro et de s'éloigner.

— Qu'est-ce qu'elle t'a dit ?

— Qu'elle t'aime bien.

— C'est vrai ?

— Oui.

Il enroula les bras autour d'elle et l'attira contre lui.

— Raconte-moi les rumeurs que tu as entendues à mon sujet.

— Il ne s'agit pas de rumeurs mais de la vérité.

— De quoi parles-tu ?

— Quand tu venais chez nous, avec Justin, vous sortiez souvent, le soir.

À chaque fois que Justin ramenait Ramos à la maison pour un week-end, les deux jeunes gens enchaînaient les soirées.

— J'attendais votre retour, puis je sortais en douce de ma chambre et m'asseyais en haut de l'escalier pour vous écouter refaire le film de votre fête.

Il hocha la tête. Il semblait dubitatif.

— Parfois, quand je me sentais vraiment courageuse, je descendais les marches et me cachais derrière la porte.

— Tu n'étais qu'une enfant !

— J'avais treize ans quand j'ai commencé à vous espionner.

Une lueur d'inquiétude passa sur son visage.

— J'avais donc vingt ans.

Elle se mit sur la pointe des pieds et effleura sa bouche avec la sienne avant de reprendre d'une voix sensuelle :

— Tu étais un mauvais garçon.

— Tu n'aurais pas dû écouter, pas à cet âge.

— J'étais aussi discrète qu'une petite souris.

— Combien de verres as-tu bus ? demanda-t-il, amusé.

— Trois coupes de champagne. Pourquoi ? Je suis ivre ?

— Tu te sens ivre ?

— Je ne sais pas. Je n'ai jamais été ivre auparavant.

— Jamais ?

— Non. Je ne voulais pas être une de ces femmes qui se jettent à tes pieds. L'alcool te fait perdre tes… tes inhibitions.

— Tu avais peur de te jeter à mes pieds ?

— Je refuse de répondre à cette question, tu vas attraper la grosse tête.

— De quoi avais-tu peur ?

— De tomber amoureuse de toi, idiot !

Sa vue était un peu trouble, mais elle crut néanmoins voir quelques lueurs s'allumer dans ses prunelles. Malheureusement, elle n'était pas en état de les décrypter.

— Viens, murmura-t-il avant de déposer un doux baiser sur ses lèvres, rentrons à la maison.

— Mais nous venons à peine d'arriver !

— Il y aura d'autres fêtes, je te le promets.

— Alejandro ?

— Oui, *querida* ?

— Je ne me sens pas très bien.

Quelqu'un avait inséré un marteau dans sa tête et tapait avec en rythme. Épuisée, elle passa une main sur son visage avant d'ouvrir un œil. La pièce était plongée dans l'obscurité.

Elle perçut soudain un mouvement à côté d'elle. Quelques secondes plus tard, Alejandro s'assit sur le lit et lui caressa doucement le front.

— Comment te sens-tu ?

— Mal !

— J'ai posé de l'eau et des analgésiques sur la table de chevet, annonça-t-il en souriant, amusé.

— Merci. Quelle heure est-il ?

— 8 heures.

Elle essaya de lever la tête mais y renonça, elle n'était pas en état.

Il laissa échapper un petit rire qui lui fit l'effet d'un nouveau coup sur le crâne.

— Ne fais pas de bruit, s'il te plaît, gémit-elle.

— Excuse-moi.

— Où est Benjamin ?

— Avec Sinead.

— Je devrais me lever.

— Tu devrais plutôt dormir encore un peu. L'eau et le sommeil sont les meilleurs remèdes contre la gueule de bois.

— Merci de t'être occupé de moi.

Elle se souvenait vaguement qu'il l'avait aidée à s'installer dans la voiture, hier soir, à monter jusqu'à leur chambre, puis à se déshabiller.

— *De nada.*

Elle se mordit la lèvre tandis qu'un autre vague souvenir faisait son apparition dans sa tête. Elle avait essayé de l'obliger à faire l'amour lorsqu'il l'avait embrassée sur le front en lui souhaitant une bonne nuit.

— Je suis désolée si je t'ai fait honte.

— Tu n'as aucune raison de l'être.

Il esquissa un nouveau sourire.

— Vingt-quatre ans et ta première gueule de bois.

— Ma dernière gueule de bois.

— Je dois y aller, annonça-t-il en l'embrassant à nouveau.

Une minute plus tôt, elle avait mal à la tête mais elle était heureuse. Désormais, elle avait mal à la tête et elle était triste.

— Tu pars maintenant ?

Il s'agissait de son premier voyage d'affaires depuis son retour prématuré de Las Vegas.

— J'ai une réunion à Athènes à midi.

Nous sommes dimanche, avait-elle envie de hurler. Malheureusement, elle savait que les hôtels ne connaissaient pas les jours fériés.

— Je serai de retour samedi. Vendredi si je peux.

— Appelle-moi quand tu arrives en Grèce.

— D'accord.

Quelques minutes plus tard, il referma doucement la porte derrière lui, et les larmes se mirent à rouler sur ses joues.

Les jours sans Alejandro s'écoulaient lentement.

Elle se croyait habituée à ses absences, mais après l'avoir eu pour elle seule pendant une semaine, avec l'intimité qui s'était développée entre eux pendant cette période, son absence lui pesait énormément.

Si Benjamin n'avait pas été là, sans doute aurait-elle craqué et l'aurait-elle supplié de rentrer dès qu'elle l'aurait eu au téléphone. Il l'appelait désormais tous les soirs. Elle savait pourtant que cela aurait été le pire des comportements et qu'en agissant ainsi elle exposerait bien plus son cœur qu'elle ne le faisait déjà entre ses bras.

Heureusement elle avait Benjamin et, sitôt qu'elle voyait le visage souriant de son bébé qui avait tant besoin d'elle, elle oubliait sa solitude.

Depuis la soirée, elle avait trouvé une amie en la personne de Camila. Quelques jours plus tard, la jeune femme s'invita même à déjeuner et arriva avec sa petite fille, une adorable Ava avec de belles boucles blondes que Benjamin essaya d'attraper.

Camila était très drôle et, lorsqu'elle partit, elle promit à

Flora de revenir bientôt avec d'autres amies pour une soirée entre filles.

C'était le soir qu'Alejandro lui manquait le plus. Benjamin remplissait ses journées, mais il se couchait à 19 heures, ce qui lui laissait des heures de liberté avant d'aller au lit. Elle avait bien acheté du matériel de broderie, mais l'inspiration et la créativité l'avaient abandonnée.

Jeudi soir, après avoir renoncé à toute occupation exigeant de la concentration, elle confia Benjamin à Sinead, puis monta sur le toit-terrasse.

Entourée d'un muret peint en blanc, cette terrasse comprenait un coin salon, un bar et surtout une piscine.

S'assurant que le volume de son téléphone était au maximum, afin qu'elle puisse l'entendre quand Alejandro l'appellerait, elle plongea dans l'eau fraîche. Elle nagea quelques longueurs avant de s'accrocher au rebord pour contempler la vue sur la ville de Barcelone. Rêveuse, elle leva les yeux vers le ciel. Les étoiles étaient si nombreuses qu'elle avait le vertige rien qu'à imaginer leur nombre.

Elle repensa à la soirée chez Camila et Juan, et à ce qu'elle avait raconté à Alejandro.

Écouter les conversations d'ivrognes de Justin et Alejandro sur leurs conquêtes avait été un moyen de dissuasion plus efficace contre l'alcool que n'importe quelle leçon donnée par un adulte. Et, jusqu'à samedi, elle n'avait jamais été ivre. L'idée d'être notée par des hommes la révoltait.

Alors pourquoi avait-elle écouté leurs conversations, cachée derrière la porte ?

Dans son souvenir, c'était surtout Justin qui notait les femmes. Alejandro rigolait, mais Justin avait toujours été l'instigateur de ces conversations.

Sans doute essayait-il d'impressionner Alejandro.

Il était beaucoup plus facile pour elle de rejeter la faute de son comportement sur son ami espagnol plutôt que d'admettre que son frère, qu'elle avait toujours adoré, pouvait se comporter comme un porc avec les femmes.

Alejandro était un séducteur, mais il ne s'en était jamais vanté. Il n'avait jamais fait marcher les femmes, ne les avait jamais trompées, ne leur avait jamais fait de promesses qu'il n'aurait pas tenues. Sans doute parce qu'il n'en avait pas besoin pour séduire.

Adolescente, elle l'avait haï parce qu'il lui avait volé Justin, puis elle l'avait vu nu et elle l'avait haï encore plus en raison des sentiments terrifiants que sa nudité avait éveillés en elle.

Il ne méritait pourtant pas cette haine. Il n'était qu'un jeune homme qui jouait, qui profitait de la vie. Ce n'était pas sa faute s'il était beau comme un dieu, s'il était richissime et si les femmes salivaient devant lui.

Elle laissa échapper un soupir triste.

Il lui manquait. Plus que tout. Même lorsque la seule émotion qu'elle s'était autorisé à ressentir pour lui avait été le dégoût, sa présence lui avait toujours donné l'impression d'être vivante. Elle avait toujours trouvé le monde plus morne, sans lui.

— Te voilà !

Un bref cri de frayeur s'échappa de sa gorge avant que la joie l'envahisse. Elle se retourna et, heureuse, adressa un large sourire à Alejandro. Son mari était enfin de retour.

11.

Essayer de paraître détendue ne lui traversa même pas l'esprit. De toute façon, même si elle l'avait voulu, elle n'aurait pas pu s'empêcher de lui adresser un large sourire. La tentation était bien trop forte. Son visage s'illuminait dès qu'elle l'apercevait.

Elle nagea jusqu'à lui et, les bras appuyés sur le rebord de la piscine, le dévisagea.

— Tu t'es fait pousser la barbe.

— Tu aimes ?

— C'est pas mal.

Elle n'aurait jamais cru cela possible, mais cette barbe le rendait encore plus sexy.

— Tu es de retour plus tôt que prévu.

— J'ai annulé mes dernières réunions.

Il se baissa pour enlever ses chaussures et ses chaussettes. Puis, les doigts sur un bouton de sa chemise, il riva les yeux aux siens.

— Je n'ai pas eu le choix, ma famille me manquait.

À ces mots, son cœur se gonfla de plaisir.

— Tu aurais dû me prévenir.

— J'avais envie de te faire la surprise. C'est une bonne surprise ?

— Plutôt bonne, répondit-elle d'un ton faussement nonchalant.

Son regard malicieux pétillant, il jeta sa chemise au sol.

— Alors, dis-moi, est-ce que je t'ai manqué ?

Désespérément.

— C'est… C'est différent quand tu n'es pas là.

Sans la quitter des yeux, il ouvrit son pantalon.

— Toi, tu m'as manqué.

Elle lui avait vraiment manqué ? L'émotion lui noua la gorge.

Désormais entièrement nu, ses vêtements éparpillés tout autour de lui, il se laissa glisser dans l'eau à côté d'elle et, sans attendre, posa ses mains puissantes sur ses hanches.

Heureuse, elle enroula les bras autour de son cou avant de se mettre sur la pointe des pieds pour l'embrasser, mais il la repoussa, recula et la fixa d'un regard sévère.

— Tu n'as toujours pas répondu. Je t'ai manqué ?

Elle plongea dans ses prunelles sombres qui lui avaient manqué plus qu'elle ne l'aurait cru humainement possible, mais demeura silencieuse. Une petite voix dans sa tête l'empêchait de lui révéler la vérité.

Alejandro était le seul et l'unique pour elle. Les sentiments qu'elle éprouvait pour lui étaient si profonds qu'ils faisaient partie intégrante d'elle-même. Malheureusement, elle ne pouvait pas le lui avouer. Admettre ses sentiments les rendrait réels. Si elle prononçait les mots, elle ne pourrait plus jamais les oublier, ni les nier.

La sévérité de son regard s'évanouit peu à peu, et il resserra son étreinte. Sous le charme, elle noua les jambes autour de sa taille et esquissa un sourire en sentant la pointe de son érection effleurer son intimité. Seul le tissu de son maillot de bain l'empêchait de plonger directement en elle.

Il la porta sur la pente douce du fond de la piscine jusqu'à l'asseoir sur une marche de l'escalier. Alors seulement, il l'embrassa. Il s'empara de ses lèvres de façon éperdue, tel un affamé.

Quand il rompit le baiser, le manque la saisit tant qu'elle poussa un petit gémissement. Il la regarda dans les yeux avant de reprendre possession de sa bouche avec fougue.

Envoûtée, elle raffermit son emprise autour de son cou et se délecta du goût de sa bouche et de toutes les sensations enivrantes qui pétillaient et bouillonnaient dans ses veines et sur sa peau. Ivre de désir, elle enfonça les ongles dans son crâne jusqu'à ce qu'il recule pour tenter de la débarrasser de son maillot de bain. Impatiente d'être aussi nue que lui, elle le lâcha le temps de rouler son maillot jusqu'à sa taille.

— Je t'ai manqué ? lui demanda-t-il une nouvelle fois.

— Au lieu de parler, embrasse-moi, répondit-elle avant d'écraser sa bouche contre la sienne et de presser chaque centimètre de son corps en feu contre le sien.

Alejandro glissa une main entre eux pour la repousser doucement. Puis, des flammes de sensualité brûlant dans ses prunelles, il saisit son maillot de bain d'une main, souleva son buste de l'autre et recula pour le lui enlever complètement.

Sitôt qu'elle se retrouva nue, il prit la pointe d'un sein entre ses lèvres sensuelles. Ciel, c'était si…

Troublée, elle ferma les yeux et laissa les sensations magiques l'envahir, poussant un cri lorsqu'il prit son autre sein entre ses dents et le mordilla.

Ses caresses l'enflammaient, elles l'ensorcelaient. Un flot de sensations exquises vrillaient son être et l'empêchaient de voir clair. Entre ses bras, elle n'était plus qu'une boule d'émotions. Impossible de réfléchir.

— Je t'ai manqué ? répéta-t-il une nouvelle fois en faisant glisser ses doigts experts sur son ventre.

Elle aurait voulu ignorer la question, mais quelque chose dans sa voix rauque lui fit ouvrir les yeux. Tremblante, elle plongea alors dans ses prunelles sombres et, magiquement, oublia toute retenue.

— Oui, répondit-elle enfin.

Sa poitrine et ses épaules se soulevèrent lentement, puis il l'embrassa avec une telle sensualité que toute crainte de lui confier le pouvoir sur ses sentiments s'envola. L'ivresse de sa passion la consumait, toute raison l'avait désertée. Elle n'avait plus qu'une envie, le goûter, le toucher.

Elle plaqua les mains sur son torse musclé avant de baisser la tête et de prendre son mamelon dans sa bouche. Elle esquissa un sourire en sentant son érection sur sa cuisse. Elle voulait la sentir en elle. Tout de suite.

Incapable d'attendre une minute de plus, elle la saisit.

— Montre-moi comment faire.

— Flora…

Elle lui mordit à nouveau le téton jusqu'à le faire frissonner.

— Montre-moi, répéta-t-elle d'une voix aussi sensuelle que possible.

Il couvrit sa main de la sienne, plongea dans ses prunelles sombres, et commença à aller et venir le long de sa virilité dure comme de la pierre. Il lâcha ensuite sa main et ferma les yeux tandis qu'elle continuait les mouvements exactement comme il les lui avait montrés. Quand elle le serra un peu plus fort, il ouvrit la bouche, mais seul un souffle rauque s'en échappa.

— Est-ce que je m'en sors bien ? lui demanda-t-elle d'une petite voix.

Il ouvrit les paupières, arracha sa main et la garda prisonnière tandis qu'il approchait le visage du sien. Pendant un long moment, il ne fit rien d'autre que de l'observer, d'un regard si intense qu'elle avait l'impression qu'il scrutait son âme, qu'il lisait en elle.

— Tu es belle.

Elle plongea dans ses yeux noirs et se noya dans le tourbillon de ses prunelles. Il était trop tard pour qu'elle soit sauvée. Elle l'aimait. Elle l'aimait avec tout son cœur, son corps et son âme.

Elle le serra un peu plus fort, s'imprégnant de son odeur et du goût de sa peau. Le plaisir qu'il lui offrait la comblait complètement.

Lorsqu'il la pénétra enfin, elle bascula instantanément dans un autre monde. Elle avait l'impression de flotter quelque part dans le cosmos, loin de tout ce qui faisait son monde ordinaire. Elle laissa alors les spasmes de plaisir l'emporter sur les crêtes montagneuses jusqu'à ce qu'un rugissement s'échappe de sa gorge quand il explosa en elle.

Elle essaya de ne pas pouffer mais, incapable de s'en empêcher, elle enfouit le visage dans son oreiller pour y étouffer un petit rire.

Quelques secondes plus tard, le drap autour de sa taille se souleva, et le visage d'Alejandro en sortit.

— Pourquoi ris-tu ?

— Tu me chatouilles !

— Tu disais que tu n'étais pas chatouilleuse.

— Comment étais-je censé savoir que mes cuisses étaient chatouilleuses ? Personne ne les a jamais caressées avec une plume.

Tout en parlant, elle vit son regard se faire plus sérieux, et son inquiétude se réveilla.

— Pourquoi ce regard ?

— J'aime savoir qu'il n'y a eu que moi pour toi.

Pour toute réaction, elle lui lança son oreiller au visage.

— Pourquoi fais-tu ça ?

— Parce que quand tu dis des choses comme ça je me rappelle que, pour toi, je ne suis pas la seule.

— Est-ce que tu vois quelqu'un d'autre dans ce lit ?

— Très drôle !

— Tu es jalouse de mon passé ?

— Ne sois pas ridicule, mentit-elle. Ce n'est simplement pas très sympathique de ta part de me le rappeler.

Il repoussa une mèche de cheveux tombée sur ses yeux et lui adressa un sourire coquin.

— J'aime quand tu es jalouse. C'est la preuve que tu ressens quelque chose pour moi.

— Je ne suis pas jalouse ! Et évidemment que je ressens quelque chose pour toi, Ramos. Je ressens du désir.

— Quand est-ce que tu m'appelleras Alejandro ? rétorqua-t-il en faisant la moue.

Le regard moqueur, elle haussa les épaules.

— Pour notre dixième anniversaire de mariage ?

— Très drôle, soupira-t-il. En tout cas, tu ressens plus

que du désir pour moi, je le sais. Je te manque quand je suis en voyage, tout comme toi tu me manques.

— D'accord, je le reconnais volontiers, tes caresses me manquent.

Elle voulait bien admettre ce point.

La vérité, c'était qu'elle avait besoin de ces séparations ponctuelles pour reprendre son souffle et surtout, ses esprits. L'envie de lui dire qu'elle l'aimait était souvent sur le point de la submerger.

Le temps qu'ils passaient loin l'un de l'autre avait considérablement diminué, depuis qu'ils étaient devenus amants deux mois plus tôt. Maintenant, il n'était absent que quelques nuits par semaine, trois tout au plus. Il disait que c'était parce qu'il ne pouvait pas supporter d'être séparé de sa famille plus longtemps.

Même s'il affirmait qu'elle lui manquait, il n'avait jamais suggéré qu'elle l'accompagne dans ses voyages d'affaires. Alors elle ne le suggérait pas non plus. En revanche, elle ne croyait pas qu'il voyait d'autres femmes, pas tant qu'il la désirait encore.

Et dire qu'elle avait peur qu'il trouve son corps repoussant !

Ce n'était pas seulement au lit qu'il montrait qu'il tenait à elle. Il aimait aussi la surprendre en l'emmenant en vacances. Il l'avait notamment invitée à passer un long week-end à Ibiza, à faire du shopping à New York, puis à découvrir les chutes du Niagara pour son anniversaire. Ils avaient également séjourné pendant une semaine dans les Caraïbes. Et chaque fois ils partaient tous ensemble, avec Benjamin et la nounou. En famille.

Malgré tout cela, il ne lui avait jamais demandé de l'accompagner dans ses voyages d'affaires.

— C'est tout ce que je représente pour toi ? Je ne suis qu'un étalon ?

Elle prit son visage en coupe et frotta le nez contre le sien.

— Tu es un excellent étalon.

Amusé, il fit mine de montrer les dents. Malheureusement, la sonnerie de son téléphone brisa l'ambiance romantique.

— Ignore-le.

— Je ne peux pas.

Elle laissait son portable en mode silencieux de façon que seuls Alejandro, Sinead et son frère puissent la joindre en cas d'urgence. Alejandro était à côté d'elle, Sinead était dans la nurserie, il ne restait donc que Justin.

Sans réfléchir, elle se précipita sur sa table de chevet pour attraper son téléphone et répondre. Ses craintes furent rapidement dissipées, et elle mit fin à l'appel avec une certaine fierté pour son grand frère mais aussi avec une petite appréhension. Comment Alejandro allait-il réagir ?

Pendant l'appel, il s'était adossé contre la tête de lit. Toute l'espièglerie qui pétillait dans son regard quelques minutes plus tôt avait disparu. L'expression sur son visage était sombre, comme à chaque fois que le fantôme de son frère surgissait entre eux.

À cette idée, son cœur se mit à saigner. Pardonnerait-il un jour à Justin ou leurs rapports resteraient-ils tendus pour le reste de sa vie ?

Inspirant profondément pour rassembler son courage, elle s'installa en face de lui, croisa les jambes et prit sa main. Ensuite seulement, elle le regarda droit dans les yeux.

— Aujourd'hui, cela fait exactement quinze mois que Justin a joué pour la dernière fois.

Et quinze mois qu'Alejandro l'avait fait arrêter.

— Il va aux réunions des Joueurs anonymes trois fois par semaine. Il a un emploi de barman dans un café. Il fait tout ce qu'il peut pour devenir un homme meilleur. Il ne pourra jamais te rembourser. L'argent qu'il t'a volé a servi à payer ses dettes de jeu, comme tu le sais. Pourtant, il est prêt à tout pour se racheter.

Même si son frère était en train de changer de vie, la seule façon pour lui de trouver la paix était d'obtenir le pardon d'Alejandro.

— Hors de question.

— Pourquoi ? Il a passé dix mois dans une cellule de prison. Il a perdu sa maison, le travail qu'il aimait, ses amis, son amour-propre et, plus important encore, il t'a perdu, toi. N'est-ce pas une punition suffisante ?

Il répondit d'un simple mouvement de tête.

— J'aime mon frère, reprit-elle en caressant doucement sa main, refusant de laisser la colère qui couvait en lui la distraire. Je l'aime et je veux que Benjamin apprenne à le connaître.

— Il faudra me passer sur le corps.

Elle prit à nouveau une profonde inspiration avant de souffler :

— Je sais qu'il te manque.

Il retira sa main de la sienne avant de lâcher un juron en espagnol.

— Vous étiez aussi proches que des frères !

— Ce qui rend sa trahison impardonnable ! rétorqua-t-il avant de rejeter le drap d'un geste brusque et de se lever.

— De ton point de vue, oui.

— Il aurait dû venir me voir dès qu'il a eu des problèmes.

— Je suis d'accord, mais tu dois te souvenir de son état d'esprit. Tu avais l'argent, la gloire, les plus belles femmes… Il t'adorait et n'a pas eu le courage de t'avouer qu'il avait fait une bêtise.

— Il avait tellement peur de perdre mon respect qu'il a préféré voler mon argent !

Visiblement en colère, il se mit à arpenter la chambre de long en large. Son agitation était-elle due au fait qu'elle arrivait à le convaincre ? Elle ne pouvait que l'espérer.

— Il t'a volé en pensant bêtement qu'il serait capable de tout récupérer avant que tu le remarques. C'est dire à quel point il a perdu la tête. S'il te plaît, je t'en supplie, écoute-le et essaye de lui pardonner. Si ce n'est pour mon bien, fais-le pour le bien de Benjamin, et pour le tien aussi.

— Assez ! cria-t-il avant de se retourner pour lui faire face.

Sous le choc, elle recula, troublée par la fureur dans sa voix. Elle ne l'avait pas vu à ce point en colère depuis longtemps.

— J'ai été très clair sur mes sentiments à ce sujet, je ne veux plus entendre parler de lui et je te remercie de tenir ta promesse, ajouta-t-il.

Puis, sans se retourner, il sortit de leur chambre.

Elle n'avait aucune idée de l'heure à laquelle Alejandro était revenu au lit. Il s'était simplement glissé sous les couvertures et lui avait tourné le dos.

C'était la première fois qu'il se comportait de cette façon.

Cette nuit-là, elle dormit par intermittence, son inquiétude était trop grande. Depuis qu'ils étaient devenus amants, ils s'étaient chamaillés mais jamais disputés. Pas de cette façon en tout cas, et Alejandro n'avait jamais élevé la voix.

Elle n'avait qu'un objectif, que sa famille soit à nouveau réunie, que son mari et son frère soient amis comme autrefois et que son fils connaisse son oncle, et pour cela elle était prête à tout.

Malheureusement, le mieux qu'elle pouvait espérer pour le moment, c'était qu'Alejandro réfléchisse à ce qu'elle avait dit.

C'était aussi pour lui qu'elle voulait que des ponts soient reconstruits. Son frère lui manquait, elle en était aussi certaine qu'elle était certaine de son amour pour lui.

Le bruit des roues sur le parquet en chêne la fit soudain sursauter. La pièce était sombre, le soleil n'était pas encore levé, mais Alejandro était déjà douché, déjà habillé. Une valise à la main, il était prêt pour son voyage à Paris.

— Je m'en vais, lui annonça-t-il d'une voix froide.

Elle frissonna. Sa colère semblait toujours intacte.

— Bon voyage, répondit-elle comme elle le faisait toujours.

En guise de réponse, il inclina la tête, puis s'éloigna. Pour la première fois depuis qu'ils s'étaient mariés, il partait en voyage d'affaires sans l'embrasser.

12.

Cette journée s'annonçait comme une belle journée d'automne à Barcelone. Elle était heureuse d'avoir donné rendez-vous à Camila pour un café, ce matin. Elle s'y rendrait à pied et, avec un peu de chance, l'air frais lui permettrait de se vider la tête.

Anxieuse, elle jeta un coup d'œil à son téléphone. Toujours aucune nouvelle d'Alejandro. Il n'avait pas envoyé de message pour lui faire savoir que tout se passait bien à Paris, il ne l'avait pas appelée non plus pour lui souhaiter bonne nuit. Il s'était contenté de répondre oui à son message lui demandant s'il était bien arrivé.

Plus son silence se prolongeait, plus elle était de mauvaise humeur. Et plus elle était inquiète.

Elle prit une profonde inspiration pour tenter de faire le vide dans sa tête, puis installa Benjamin dans son landau avant de prévenir Madeline qu'elle partait.

Ses rapports avec le personnel avaient radicalement changé, ces dernières semaines. Depuis qu'Alejandro et elle se comportaient comme un véritable couple, elle était traitée avec davantage de déférence. Le respect engendrait le respect, elle le savait. Elle était la femme du maître de maison et, désormais, ils la traitaient comme telle.

Avant de sortir, elle vérifia son téléphone une nouvelle fois. Toujours aucun message. Tant pis.

Ses gardes du corps l'attendaient sur le pas de la porte. L'un d'entre eux descendit le landau dans l'allée. Elle était sur le point d'atteindre le portail lorsque son téléphone sonna. Enfin ! Malheureusement, ce n'était pas Alejandro mais Sinead qui, en vacances, lui annonçait que son avion venait d'atterrir.

Savoir que la nounou de son fils allait bien lui faisait plaisir. Elle veillait à maintenir leur relation sur le terrain professionnel, mais la jeune femme était si chaleureuse, si joviale, qu'il lui était impossible de ne pas l'apprécier.

Elle répondit à son message avec une émoticône souriante et remit son téléphone dans son sac.

Le portail s'ouvrit. Et elle se figea net.

Une nuée de journalistes l'attendait. En une fraction de seconde, elle se retrouva enveloppée par la foule, assaillie par les questions, aveuglée par les flashs des photographes.

Ses gardes du corps entrèrent aussitôt en action. En un claquement de doigts, ils se placèrent devant le landau, empêchant la presse de franchir ne serait-ce que d'un millimètre la limite de la propriété d'Alejandro.

Paniquée, elle fit demi-tour et repartit en courant vers la villa, Benjamin hurlant dans son landau.

La porte d'entrée s'ouvrit avant qu'elle atteigne les marches. Madeline se précipita dehors et l'aida à porter le landau à l'intérieur.

— Que se passe-t-il ? lui demanda cette dernière.

— Je ne sais pas.

L'inquiétude manifeste de la gouvernante augmenta encore la sienne.

— La sécurité n'a pas vu les journalistes arriver. Ils devaient se cacher.

Pour toute réponse, elle déglutit et hocha la tête.

La route était bordée par des arbres immenses. Il aurait été facile pour la presse de rester hors de la vue des caméras de sécurité jusqu'à l'ouverture du portail, puis de lui tendre une embuscade.

Le téléphone de la maison sonna, et Madeline se dépêcha d'aller répondre.

Benjamin dans les bras, elle sortit son portable de son sac et composa le numéro d'Alejandro.

Elle tomba sur la messagerie.

— Ramos, c'est moi. Je ne sais pas ce qui se passe. La presse vient de me tendre une embuscade. J'espère que tout va bien de ton côté. Rappelle-moi dès que possible.

La ligne fixe sonna une nouvelle fois.

Tendue, elle alla s'asseoir sur l'un des canapés en velours du salon, faisant de son mieux pour calmer Benjamin, essayant surtout de ne pas laisser son imagination s'emballer. Pourquoi la presse serait-elle de retour alors qu'elle n'avait pas approché la villa depuis des mois ? Et pourquoi le téléphone de la maison n'arrêtait-il pas de sonner ?

Une fois Benjamin apaisé, elle appela Camila.

— J'étais sur le point de te passer un coup de fil, répondit la jeune femme. Tu vas bien ?

— Je crois, oui. Je n'ai pas pu quitter la villa à cause de la presse. J'ignore ce qui se passe.

Camila ne répondit pas. Voilà qui était surprenant.

— Camila ?

— As-tu regardé les sites Internet des journaux à scandale, ce matin ?

— Non.

Elle ne les consultait plus depuis qu'elle avait vu ces photos de son frère et d'Alejandro, sur un yacht, entourés de dizaines de femmes à moitié nues.

Elle allait reprendre lorsque Madeline approcha, blême.

— Attends une minute, dit-elle à Camila avant de s'adresser à la gouvernante. Que se passe-t-il ?

— Ai-je l'autorisation de débrancher le téléphone ?

L'appareil sonna avant que la vieille femme ait eu le temps de terminer sa phrase.

— Qui est-ce encore ?

D'un signe de la main, Madeline lui indiqua qu'il s'agissait de journalistes.

— D'accord, répondit-elle avant de retourner à sa conversation avec Camila. Que vais-je voir sur ces sites ?

— Je suis sûre que ça ne veut rien dire, déclara son amie, visiblement mal à l'aise. C'est… C'est Alejandro.

— Et ?

— Il a été photographié en train de pénétrer dans l'appartement d'Aimee, la nuit dernière.

À bout, Flora faisait les cent pas dans sa chambre.

Elle avait essayé de rappeler Alejandro des dizaines de fois, sans succès. Son téléphone vibra soudain dans sa main et, sans réfléchir, elle le colla à son oreille.

— Bonjour, Flora, ici Éloïse Jameson du *Daily*…

D'un geste de rage, elle raccrocha et jeta son téléphone à terre, comme s'il l'avait ébouillantée. Puis, réprimant un cri, elle renifla et tenta de retenir les larmes qui menaçaient de couler. Elle avait l'impression d'être au milieu d'un film d'horreur. Ou d'un cauchemar.

Se forçant à se calmer, elle ramassa son téléphone. Il sonna à nouveau mais, ne reconnaissant pas le numéro, elle ne décrocha pas et renvoya tous les appels vers la messagerie. Elle tapota ensuite un message à Alejandro lui demandant de la contacter plutôt par courriel. Puis, après avoir rassemblé son courage, elle se connecta à Internet.

La première chose qui apparut sur son fil était un titre salace. Rassemblant son courage, elle cliqua sur un lien et vit aussitôt s'afficher une série de photos de son mari. La première le montrait regardant par-dessus son épaule alors qu'il approchait d'une porte. Sur la deuxième, il déverrouillait cette porte. Sur la troisième, il pénétrait dans l'appartement. La quatrième était une photo plus ancienne d'Alejandro et d'Aimee franchissant ensemble cette même porte, prouvant au lecteur qu'il s'agissait bel et bien du même endroit.

La barbe d'Alejandro ne laissait aucun doute sur le fait que les trois premières photos étaient récentes. Elles avaient été prises ces derniers jours.

Incapable de se retenir plus longtemps, elle se précipita dans la salle de bains et vomit tout le contenu de son estomac.

La journée avait été difficile pour Benjamin. Heureusement, il était enfin calmé et dormait maintenant paisiblement dans le berceau qu'elle lui avait acheté lorsqu'elle s'imaginait l'élever seule à Londres.

Refermant doucement la porte de la chambre derrière elle, elle se laissa lentement tomber sur le sol et remonta les genoux contre sa poitrine.

Après avoir vomi, elle n'avait plus eu qu'une idée en tête, s'échapper. Et la chance lui avait souri puisqu'elle avait réussi à réserver une place pour Benjamin et elle-même sur le premier vol pour Londres.

Ignorant les protestations de Madeline, elle avait demandé à son chauffeur de les emmener, elle et Benjamin, à l'aéroport et, deux heures après avoir réservé, elle se trouvait dans les airs.

Douze heures à peine s'étaient écoulées depuis qu'elle avait ouvert le portail et que son monde s'était écroulé. Elle avait passé tout ce temps à essayer de rester stoïque, pour le bien de Benjamin, mais elle n'y arrivait plus. Impossible. Elle se sentait vide, lasse. Elle avait l'impression que son cœur avait été arraché de sa poitrine.

Justin apparut soudain sur le palier et s'assit à côté d'elle.

— Il va devenir fou quand il apprendra que tu as amené son fils ici, lui lança-t-il.

À son arrivée, elle avait raconté à son frère les événements des deux derniers jours.

— Je sais, mais où pouvais-je aller ?

Vers qui d'autre aurait-elle pu se tourner ? Son frère avait toujours été là pour elle.

— Espérons qu'il le comprenne, répondit-il au bout de quelques longues secondes. Mais, pour ce que cela vaut, je ne crois pas qu'il te tromperait.

— J'espère que tu as raison.

— Je sais qu'il peut se comporter comme un salaud impitoyable, mais il ne triche pas et il t'aime depuis longtemps. Tu crois vraiment que je t'aurais encouragée à le séduire si cela n'avait pas été le cas ?

Elle repensa au jour où elle avait enfin trouvé le courage d'avouer à Justin qu'elle était enceinte d'Alejandro mais que ce dernier l'avait rayée de sa vie. Son frère n'avait rien dit, il s'était contenté de serrer sa main dans la sienne pour essayer de la réconforter.

En revanche, lorsqu'elle lui avait annoncé leur mariage, il avait lâché un long soupir, comme si un poids avait été retiré de ses épaules. Justin était tellement mal en point, à ce moment-là, qu'elle lui avait caché le chantage qu'avait exercé Alejandro sur elle pour l'obliger à l'épouser. Elle n'avait pas voulu ajouter à la culpabilité de son frère.

— Tu es sérieux ? Tu voulais qu'on se mette ensemble ?

— Je vais être honnête avec toi, Flo. Je croyais qu'il n'avait aucune chance avec toi, tu donnais l'impression de le détester. Par contre j'ai toujours su que, si jamais il arrivait à te conquérir, il prendrait soin de toi.

Elle serra les genoux encore plus fort. Elle voulait désespérément croire qu'Alejandro ne l'avait pas trompée. Elle voulait désespérément croire que l'histoire ne se répétait pas. Hélas, ces images de lui entrant dans l'appartement d'Aimee… Aujourd'hui, elle se rendait compte que toutes les peurs qu'elle avait eues autrefois n'avaient pas disparu, elles avaient simplement été enterrées sous le bonheur qu'elle avait trouvé ces dernières semaines.

Malheureusement, son pire cauchemar était en train de prendre vie. Quelle idiote elle était ! Elle avait été si heureuse ces deux derniers mois qu'elle n'avait même pas pensé à s'inquiéter de son voyage à Paris, alors qu'elle savait pourtant que c'était dans cette ville que vivait son ancienne maîtresse.

Justin lui donna un coup de coude, et elle sortit de sa réflexion.

— Je te sers un verre ?

Incapable de sourire, elle se contenta de hocher la tête.

Son vol de retour était prévu dans deux jours. Elle rentrerait donc en même temps qu'Alejandro. Elle discuterait avec lui, lui montrerait les photos… Elle le connaissait bien, elle saurait s'il lui mentait.

Jusqu'à présent, elle ne l'avait jamais vu mentir. Ni être infidèle. Comment devrait-elle réagir, s'il l'avait trompée ? Elle ne pouvait pas le quitter, sinon il relancerait les poursuites contre Justin et, bien qu'elle ait économisé suffisamment d'argent pour assurer sa défense, Justin ne pourrait pas éviter la prison.

En revanche, si Alejandro ne l'avait pas trompée, elle ne serait plus en mesure d'exiger sa fidélité à l'avenir. Elle ne serait plus en position d'exiger quoi que ce soit de sa part.

Ces derniers événements étaient la preuve que sans l'amour d'Alejandro leur mariage était une maison construite sur du sable. À la première vague, elle s'écroulait.

Dans la cuisine, elle s'aperçut qu'elle avait oublié de recharger son téléphone. Elle le brancha donc, puis attendit qu'il revienne à la vie.

Alejandro avait-il essayé de la joindre ou allait-elle encore se heurter à un mur de silence de sa part ?

— Je te sers un verre de vin ? lui proposa Justin.

— Oui, s'il te plaît.

— Cela te dit de regarder un film ?

Son téléphone se mit soudain à clignoter et son cœur à battre plus vite.

— Choisis le film, je te rejoins dans une minute.

Son écran indiquait qu'elle avait reçu vingt-quatre appels, onze messages vocaux et dix-huit textos.

Elle cliqua sur l'icône du téléphone, et son cœur fit aussitôt un bond dans sa poitrine. Le dernier appel manqué venait d'Alejandro. Il avait essayé de l'appeler sept fois. Les autres appels provenaient de Camila, de ses anciens amis anglais et de numéros qu'elle ne connaissait pas. Alejandro n'était responsable que d'un seul de ces SMS, un court « rappelle-moi dès que tu peux ».

Elle écouta ses messages vocaux. Les trois premiers provenaient des journalistes sans scrupule qui avaient fait peur à son bébé. Le quatrième était d'Alejandro, et elle sentit son cœur se briser en entendant sa voix profonde prononcer son prénom. Mais, avant qu'elle puisse l'écouter en entier, un coup sur la porte d'entrée la fit sursauter.

Instantanément, son sang se changea en glace dans ses veines. Elle n'avait aucun doute sur l'identité du visiteur.

Justin atteignit la porte avant elle. Il ouvrit et s'immobilisa aussitôt.

En costume malgré l'heure tardive, Alejandro se tenait sur le seuil, l'air menaçant. Son regard ne s'attarda pas sur Justin, il se riva sur elle. Aussitôt, la fureur qu'elle vit dans ses prunelles lui fit l'effet d'un coup de poing en plein cœur.

Il reporta ensuite les yeux vers son frère.

— Je suis ici pour parler à ma femme. Ta présence n'est pas la bienvenue. Va-t'en, s'il te plaît.

Justin se tourna vers elle et l'interrogea du regard. D'un geste de la tête, elle lui ordonna de sortir. Sa présence ne pouvait que compliquer la situation.

Sans un mot, Justin attrapa sa veste, quitta les lieux, et l'atmosphère dans sa petite maison se changea en glace. Elle se frotta les bras pour se réchauffer, puis pressa une main sur sa poitrine pour tenter de ralentir les bruits sourds de son cœur.

Durant de longues minutes, Alejandro se contenta de la fixer d'un regard noir et froid.

— Où est mon fils ? lança-t-il enfin.

— Il dort.

— Allons discuter plus loin, je ne veux pas le déranger.

Elle réussit tant bien que mal à pousser ses jambes tremblantes jusqu'à la cuisine, à s'emparer du moniteur bébé, puis à ouvrir la porte menant au garage qu'elle avait fait aménager en atelier lorsqu'elle avait acheté la maison, deux ans plus tôt.

Alejandro balaya la pièce du regard. Elle n'était pas surprise, il n'était jamais venu chez elle auparavant, elle ne l'avait jamais invité.

Son atelier était petit, mais il lui convenait parfaitement. À l'une des extrémités, elle disposait d'une grande table sur laquelle étaient placés ses dessins et sa machine à coudre, et de larges étagères remplies de rouleaux de tissu et de bobines de fil. De l'autre côté se trouvait un petit canapé sur lequel elle s'asseyait souvent lorsqu'elle devait coudre à la main.

Elle s'installa sur sa chaise de bureau et laissa à Alejandro le canapé.

Il croisa les jambes et lui lança un regard noir qui la ramena sept mois en arrière, le jour où il l'avait fait chanter, où il l'avait épousée et où il avait été le meilleur ami possible lors de son accouchement. Ce jour-là, il avait montré le meilleur et le pire de lui-même.

— Finissons-en, d'accord ? commença-t-elle, tremblante, incapable de supporter le lourd silence plus longtemps. Je suis désolée d'avoir emmené Benjamin à Londres, mais j'avais besoin de m'échapper de Barcelone et des journalistes. Je ne pouvais pas laisser Benjamin à la maison, Sinead est en vacances.

— Pourquoi n'as-tu pas attendu que je te rappelle ?

— Et toi, pourquoi n'as-tu répondu à aucun de mes appels ni à aucun de mes messages ?

— Un de mes directeurs de casino a été victime d'une crise cardiaque pendant notre petit déjeuner de travail.

Sous le choc, elle écarquilla les yeux.

— J'ai pratiqué un massage cardiaque, pendant que nous attendions l'arrivée des secours, puis je l'ai accompagné à l'hôpital. Sa femme nous y a rejoints. Je suis resté avec elle jusqu'à ce que le chirurgien ait fini de l'opérer parce qu'elle n'était pas en état de rester seule. Elle était désemparée. Je n'ai pas jugé bon de consulter mes messages alors que j'étais à ses côtés et qu'elle se demandait si elle reverrait jamais son mari vivant.

Désolée, elle couvrit son visage. Elle était triste pour le pauvre homme mais encore plus pour sa femme. Elle pouvait à peine imaginer la terreur que celle-ci avait dû vivre en sachant que la vie de l'homme qu'elle aimait était en jeu.

— Comment va-t-il ?

— Son état est stable.

— Tu lui as sauvé la vie.

— Ce sont les médecins qui lui ont sauvé la vie. Quand j'ai quitté l'hôpital, j'ai vu tous tes messages, mais je n'ai pas réussi à te joindre. J'ai appelé Madeline, qui m'a raconté ce qui s'était passé et m'a dit non seulement que tu avais quitté le pays et pris l'avion pour l'Angleterre, mais que tu avais emmené mon fils.

Sa voix masquait à peine sa fureur.

Mal à l'aise, elle ravala le sentiment de nausée qui venait de l'envahir.

— Tu étais dans l'appartement d'Aimee la nuit dernière.

— J'étais dans mon appartement, corrigea-t-il. J'ai mis Aimee à la porte après le petit coup qu'elle a fait aux paparazzis, à la naissance de Benjamin, et j'ai décidé de vendre cet appartement. Je l'ai fait rénover et je voulais vérifier la qualité du travail avant de donner le feu vert à l'agent immobilier.

Le soulagement qu'elle aurait dû éprouver en entendant cette réponse logique ne la gagna pas. Impossible. Alejandro était bien trop distant.

— Pourquoi ne m'as-tu rien dit de tout cela ?

— Je ne voulais pas te bouleverser. Je sais que tu détestes mon passé. Une fois mon appartement vendu, tout aurait été terminé, le dernier lien avec une femme de mon passé aurait disparu. Sais-tu pourquoi je faisais cela ?

Elle secoua la tête.

— Pour toi, répondit-il en lui adressant un sourire, mais le sourire le plus froid qu'elle ait vu. Et tu as pensé que je te trompais, n'est-ce pas ?

— Je ne savais pas quoi penser.

— C'est faux. Au premier signe de problème, tu as imaginé le pire. Tu as pris mon fils et tu t'es enfuie, et tu es partie chez le seul homme que je t'avais interdit d'approcher !

— Je ne me suis pas enfuie. J'ai fui la situation, la presse, les photos…

Elle inspira profondément pour se forcer à parler de façon cohérente.

— Nous ne nous sommes jamais fait les promesses que prononcent généralement les couples au moment de se marier. Tu n'as jamais promis d'être fidèle. Si tu l'avais fait, j'aurais su qu'il y avait plus dans ces photos que ce que la presse laissait entendre, je sais que tu ne mens pas. Mais il était entendu que tu prendrais quand même des maîtresses si tu le souhaitais, alors…

— Je n'ai jamais dit que je prendrai des maîtresses, c'est toi qui t'es mis cette idée en tête. Ce n'est pas parce que tu m'as donné ta bénédiction pour que j'aie des aventures que je vais passer à l'acte, et je ne peux pas croire que tu me méprises au point de penser que je quitterais ton lit le matin pour rejoindre celui d'une autre femme le soir même… Si, en fait, je peux le croire.

Son visage trahissait désormais l'amertume.

— Tu penses que tous les hommes sont infidèles.

Elle baissa la tête et laissa ses cheveux tomber sur son visage. Les battements de son cœur avaient désormais un rythme sinistre.

— J'ai eu peur. Tu es parti après une dispute, sans même m'embrasser pour me dire au revoir. Tu n'as pas appelé pour me souhaiter bonne nuit, et ensuite la presse m'a tendu une embuscade et j'ai vu ces photos… Comme je n'arrivais pas à te joindre, je n'avais plus qu'une idée en tête, trouver un lieu sûr.

— Est-ce que je t'ai rendu si malheureuse que tu attendais la première occasion pour me quitter ?

— Ne sois pas ridicule. Même si je le voulais, je ne pourrais pas te quitter ! s'écria-t-elle, blessée qu'il puisse penser cela d'elle après tout ce qu'ils avaient partagé.

Pendant un long moment, il se contenta de la fixer, le visage aussi froid que celui d'une statue, le regard glacial.

— Alors, tu veux vraiment me quitter ?

— Je n'ai pas dit cela ! J'ai dit que je ne pourrais pas te quitter, même si je le voulais, et je ne peux pas, n'est-ce pas ? Pas avec la menace que tu relances les charges contre mon frère.

— Et si je retirais cette menace ? Si je te demandais de choisir entre moi et ton frère, qui gagnerait ?

— Je…

— C'est une question simple, Flora. Lui ou moi ? Si notre mariage doit se poursuivre, tu dois faire ce choix.

Incrédule, elle le fixa. Venait-il vraiment de prononcer les mots qu'elle avait cru entendre ? Non, impossible. Elle avait dû mal comprendre.

— J'ai besoin de savoir que ta loyauté est avec moi, alors fais ton choix. Lui ou moi ?

Mon Dieu, il était sérieux !

— Tu veux vraiment que je te déteste ?

— Je veux une femme en qui je peux avoir confiance. Dernière chance. Lui ou moi ? Fais ton choix et fais-le maintenant, ou je considérerai ton silence comme une décision en faveur de ton frère.

Sa tête se mit à tourner. Lui posait-il vraiment un ultimatum aussi cruel ?

— C'est un choix impossible. Comment suis-je censée choisir entre vous deux ? C'est inhumain !

Il se leva et lissa les manches de sa veste. Jamais son beau visage ne lui avait paru aussi sévère.

— Très bien, j'ai ma réponse. Tu peux considérer que notre mariage est terminé.

Le vertige qui la traversa soudain était si fort qu'elle s'accrocha à son bureau pour ne pas tomber de sa chaise.

Sous le choc, elle regarda Alejandro se diriger vers la porte de l'atelier avant de se reprendre. Sans réfléchir, elle se leva d'un bond et se jeta devant lui, bloquant sa sortie.

— Pousse-toi de mon chemin.

— Ne fais pas ça, l'implora-t-elle en lui saisissant le bras.

Je sais que tu es en colère contre moi, mais tu n'es pas obligé de partir. S'il te plaît, Alejandro, nous pouvons…

— Tu m'appelles par mon prénom, maintenant ? Alors que tu as passé des mois à refuser ?

Il retira sa main d'un geste brusque et la regarda droit dans les yeux.

— Il n'y a pas de « nous » et il n'y en a jamais eu. Tu partages mon lit, mais tu ne me donnes rien. Tu ne te soucies pas de savoir quand je pars, tu ne demandes jamais à voyager avec moi. Tu n'as aucune loyauté envers moi. J'ai fait tout ce qui était en mon pouvoir pour te rendre heureuse, mais la seule chose que tu voulais c'était coucher avec moi. Pour toi, je ne suis qu'un étalon, alors maintenant pousse-toi de mon chemin !

13.

— Pousse-toi de mon chemin, lui ordonna Alejandro d'un ton sec.

— Non.

Elle croisa ses bras tremblants avec l'espoir de parvenir à contenir la panique qui montait en elle.

— Je ne bougerai pas tant que tu ne m'auras pas écoutée.

— Je ne veux rien entendre.

— Peu importe. Je vais dire ce que j'ai à dire, et ensuite tu pourras continuer ton chemin et me laisser ramasser les débris de ma vie, toute seule, comme la dernière fois.

À ces mots, il baissa enfin les yeux vers elle.

— Tu m'as tellement bien effacée de ta vie qu'il a fallu que je me pointe devant toi, dans un lieu public, pour t'annoncer que j'étais enceinte. J'ai vécu ma grossesse toute seule, à cause de toi ! Je ne pouvais même pas me tourner vers mon frère pour être aidée puisque tu l'avais fait incarcérer.

— Il est le seul responsable de son séjour en prison.

— Bon sang, Alejandro, il était ton meilleur ami ! Tu sais très bien qu'il n'était pas lui-même au moment des faits, la mort de maman l'a beaucoup perturbé…

— N'utilise pas la mort de ta mère comme une excuse pour lui.

— Pourquoi pas ? Tu te sers bien de la mort de ta propre mère comme excuse pour te conduire de façon méprisable.

— Comment oses-tu ? rétorqua-t-il en lui lançant un regard si froid qu'il aurait pu transformer de la lave en glace.

Mais elle ne faiblit pas, elle n'était pas d'humeur à se laisser intimider.

— Justin a abusé de ta confiance mais il t'a également blessé, et tu ne peux pas te résoudre à l'accepter, n'est-ce pas ? Toi, le grand Alejandro Ramos à la carapace si dure que rien ne peut l'atteindre… Au lieu d'admettre que Justin t'a fait du mal, tu as élevé une barricade autour de ton cœur et tu as cherché à te venger. Aujourd'hui, tu agis de la même façon avec moi, et ce n'est pas la première fois. L'année dernière, tu as lu le message de mon frère et tu en as tiré des conclusions sans même m'interroger. Aujourd'hui, tu me rejettes à nouveau, sans prendre la peine de m'écouter.

La mâchoire serrée, le regard noir, Alejandro respirait bruyamment.

— Tu m'as fait du chantage pour m'obliger à t'épouser, et malgré tout j'ai essayé de faire fonctionner ce mariage, pour le bien de Benjamin et parce que tu as montré la plus belle facette de toi-même le jour de sa naissance.

Elle serra les dents et inspira profondément avant de reprendre :

— Je savais le danger que tu représentais pour mon cœur, alors pour le protéger je me suis battue, je me suis battue chaque jour de notre mariage. À vrai dire, c'est une bataille que je mène depuis des années.

Tout en parlant, elle crut apercevoir une lueur dans son regard distant, et son courage augmenta d'un cran.

— Ce week-end-là, reprit-elle d'une voix aussi assurée que possible, quand tu es rentré tôt à Oxford parce que ton père était parti pour la Martinique… Je t'ai vu nu, à travers ma porte entrebâillée. J'avais treize ans.

Visiblement surpris, il écarquilla les yeux mais ne réagit pas davantage.

— Tu as éveillé quelque chose en moi, ce jour-là, et je n'ai plus jamais regardé un autre homme. J'ai passé plus de dix ans à être follement jalouse des femmes de ta vie et à me comparer à elles. Si je t'ai donné ma bénédiction pour que tu aies des aventures, c'est à cause de ma stupide fierté, parce que j'étais terrifiée à l'idée que tu puisses percevoir l'intensité de mes sentiments pour toi. Je ne connais que des hommes infidèles qui mentent et qui enchaînent les aventures, alors j'ai tenté de me protéger. Malheureusement, tu as fait tomber mes défenses et, sous le charme, je me suis approchée trop près. Voilà le problème, je me suis approchée suffisamment près pour te blesser.

Pour toute réaction, il secoua la tête. Allait-il enfin répondre ? Non, il demeura silencieux.

Elle remplit alors ses poumons d'air et son cœur de détermination.

— C'est la vérité. Tu n'es pas incapable d'être blessé comme tu le prétends, tu as juste peur de souffrir. Tu es un homme merveilleux, Alejandro. Tu es drôle, prévenant et affectueux mais, dès que quelqu'un te blesse, tu te renfermes. Tu transformes ta douleur en colère et tu ripostes. Oui, tu as perdu la personne la plus précieuse de ta vie beaucoup trop jeune, mais la douleur et la souffrance font partie de la vie. Le chagrin également. Après la disparition de ma mère, j'ai parfois cru que mon chagrin allait me tuer, puis j'ai réfléchi et j'ai compris que cette douleur était le prix à payer pour l'avoir aimée alors je n'échangerai pas un seul jour de ma vie pour effacer cette tristesse. Tu étais encore un enfant quand ton existence a été bouleversée, alors je comprends pourquoi tu t'es renfermé, mais tu es un adulte maintenant, tu es père. Comment réagiras-tu quand Benjamin te fera du mal ? Parce qu'un jour il t'en fera, forcément. Vas-tu transformer cette douleur en colère et lui rendre la monnaie de sa pièce ? Vas-tu le rejeter ?

Le moniteur bébé se mit soudainement en marche, les pleurs de leur fils brisant le silence pesant.

Rassemblant son courage, elle s'avança et posa une main sur le torse musclé d'Alejandro avant de le regarder droit dans les yeux pour être sûre d'avoir toute son attention.

— Quand tu seras vieux et seul et que tu repenseras à notre

mariage, souviens-toi que c'est toi qui nous as rejetés. Malgré tous les obstacles, tu m'as rendue heureuse, très heureuse. Je suis tombée amoureuse de toi et je pense que tu es tombé amoureux de moi, toi aussi. Du moins, une partie de toi. On aurait pu avoir une belle vie, ensemble. Malheureusement, tu as eu trop peur pour en profiter. Tu m'as posé l'ultimatum le plus cruel possible et tu l'as fait parce que tu savais que je ne tournerais jamais le dos à mon frère. Tu voulais parvenir à ce résultat et, pour être honnête, ce n'est pas plus mal. Un homme qui a l'audace de lancer un tel ultimatum ne mérite pas l'amour. Tu ne mérites pas mon amour. Maintenant, je vais m'occuper de notre fils. Tu peux t'en aller.

Sans attendre sa réponse, elle sortit de son atelier, abandonnant Alejandro.

Les joues rouges de Benjamin et ses gémissements aigus lui indiquèrent qu'il faisait à nouveau ses dents. Savoir qu'il souffrait lui faisait mal au cœur. Chaque fois qu'elle le posait dans son berceau, il recommençait à pleurer, alors elle finit par l'installer avec elle, sur son lit, pour le bercer.

Peu après, elle entendit frapper à la porte, et son frère entra. D'un regard il l'interrogea, et elle répondit d'un geste de la tête.

— Je suis désolé, murmura-t-il avant de s'asseoir à côté d'elle pour la réconforter.

— Moi aussi.

Il déposa un baiser sur son front avant de quitter sa chambre et de fermer doucement la porte derrière lui. Elle retint ses sanglots jusqu'à ce qu'elle parvienne à remettre Benjamin dans son lit. Elle se glissa ensuite sous les draps et laissa libre cours à son chagrin.

Justin était déjà dans la cuisine lorsqu'elle descendit le lendemain matin, avec Benjamin, pour le petit déjeuner.

— Tu as l'air épuisée, remarqua-t-il en lui prenant son neveu et en l'installant dans sa chaise haute.

— Merci.

Elle essaya de lui sourire, mais elle avait du mal. Cette nuit avait été la plus longue de toute sa vie. Chaque fois qu'elle fermait les yeux, elle voyait Alejandro passant devant elle, au tribunal de Monte Cleure, regardant dans sa direction mais sans la voir.

— Et si j'emmenais Benjamin faire un tour, lui proposa Justin après lui avoir donné un biberon. Tu pourrais en profiter pour essayer de dormir.

— Je n'ai pas besoin…

— Si, tu en as besoin. Inutile de discuter, va me chercher son sac à langer, je l'emmène au parc.

Honteuse, elle baissa les yeux. Elle n'avait pas le courage d'avouer à Justin que les poursuites contre lui allaient forcément être relancées, si elle divorçait.

— Cela ne te dérange pas ? lui demanda-t-elle plutôt.

— Bien sûr que non.

Elle ferma les yeux et lui sourit en signe de remerciement.

Autant que son frère passe un peu de temps avec son neveu avant qu'elle lui annonce la nouvelle qui détruirait à nouveau sa vie.

Quelques minutes plus tard, elle installa Benjamin dans sa poussette et l'embrassa avant de se retrouver seule, dans le silence. Elle se traîna jusqu'à la cuisine pour se servir un verre d'eau et se retrouva à fixer la porte de son atelier. Son havre de paix était maintenant souillé à jamais.

Pourrait-elle un jour entrer dans cette pièce sans penser à Alejandro et sans se rappeler de quelle façon il lui avait brisé le cœur ?

Oui, elle avait eu le dernier mot ; oui, elle l'avait mis à la porte, mais elle n'en éprouvait aucune fierté. Au contraire. Ses mots l'avaient touché, elle en était sûre, et, comme un animal blessé, il n'en était que plus dangereux, maintenant.

Sans doute devrait-elle avoir peur de voir où cette blessure le mènerait, mais son cœur refusait d'imaginer sa vengeance. Il n'essayerait pas de lui prendre Benjamin, elle n'y croyait pas. En attendant, elle devait être forte. Elle devait d'abord penser à son bébé et à l'avenir de son frère. Elle n'avait pas le luxe de s'apitoyer sur un homme qui, même s'il l'avait rendue heureuse, ne méritait pas son amour.

Après avoir essuyé les larmes qui venaient de couler sur ses joues, elle rassembla sa détermination, puis se dirigea vers la porte de son atelier et l'ouvrit d'un coup sec. Elle aperçut aussitôt une silhouette sur le canapé, pliée en deux, la tête affaissée sur les genoux et, surprise, elle faillit pousser un cri.

Était-ce une hallucination ? Elle cligna des yeux plusieurs fois pour vérifier. Non, elle ne rêvait pas.

— Alejandro ?

Lentement, la tête se souleva et, horrifiée, elle mit une main devant sa bouche. Les beaux yeux noirs d'Alejandro étaient gonflés et injectés de sang.

Hésitante, elle fit un pas dans sa direction et regarda une foule d'émotions balayer son visage hagard.

Il tendit une main tremblante vers elle, toucha le bout de ses doigts, puis se mit à genoux et l'entoura de ses bras, la serrant si fort qu'elle pouvait à peine respirer.

— Je suis désolé, je suis tellement désolé, hoqueta-t-il contre sa poitrine.

Le cœur brisé par les sanglots déchirants provenant de cet homme d'habitude si arrogant, elle le berça et, sans réfléchir, embrassa le sommet de sa tête.

Lorsque les sanglots qui secouaient son corps puissant s'apaisèrent, elle le lâcha. Il releva alors la tête et la regarda droit dans les yeux.

— Je… J'ai essayé de m'en aller, mais je n'ai pas pu. Je n'ai pas réussi. Je n'ai pas pu arrêter les pensées… Tant de pensées… Tant de souvenirs… Tous les gens que j'ai rejetés de ma vie… Je pensais que la vie était trop courte pour donner une seconde chance, or tout le monde mérite une seconde chance. Ton frère m'a trahi, mais il méritait une chance de se racheter. Je la lui ai pourtant refusée. Pire encore, je l'ai utilisé comme une arme pour t'atteindre.

Il lui adressa un sourire désabusé, sans doute parce qu'il percevait sa surprise.

— Je crois… Laisse-moi commencer par le début, car tout commence avec toi, *querida*. Je suis amoureux de toi depuis des années. Je crois que c'est lors de ton vingt et unième anniversaire que je suis tombé amoureux de toi. Je t'ai regardée, et ce que j'ai éprouvé ne ressemblait à aucun sentiment que j'avais connu jusqu'alors. La petite sœur de Justin était devenue si belle que mon cœur me faisait mal. Une danse… C'est tout ce que tu m'as offert, ce soir-là.

Il pressa sa main contre sa poitrine. Elle pouvait sentir les forts battements de son cœur contre sa paume.

— Ton cœur battait contre moi comme celui d'un petit colibri… Et puis tu t'es enfuie.

Maintenant aussi son cœur battait aussi rapidement que celui d'un colibri.

Était-elle en train de rêver ?

Alejandro la fixait avec des yeux remplis d'émotions qu'elle n'avait jamais vues que dans ses rêves.

— Après cette nuit-là, je n'ai pas pu te chasser de mon esprit, reprit-il. Pendant des mois, j'ai essayé de t'attirer vers moi. J'ai demandé à ton frère de t'inviter à des soirées, mais tu as toujours refusé, à part le jour de mon anniversaire.

La tristesse assombrit son visage.

— Et puis l'état de ta mère s'est détérioré… Quand je lui ai rendu visite… J'avais tellement d'admiration pour la façon dont tu t'occupais d'elle. Tu cachais ta douleur, mais tu ne cachais pas l'amour que tu éprouvais pour elle. Hélas, tout a changé quand ta maman est morte. La maison dans laquelle j'avais toujours été le bienvenu a été vendue, et pendant un an je ne t'ai pas vue. Et puis tu as débarqué chez moi, une semaine après l'arrestation de ton frère…

Il secoua la tête.

— Je savais que tu viendrais me voir pour tenter de le sauver. Crois-moi, s'il te plaît, je ne l'ai pas fait consciemment, mais quelque chose me poussait à agir contre lui et, quand je regarde en arrière, je comprends que c'était toi. Je savais que tu viendrais à moi.

Entendait-elle bien ? Non, elle devait être en train de rêver.

— Cette nuit avec toi m'a bouleversé. Savoir que j'étais ton premier…

Il ferma les yeux et inspira profondément avant de river à nouveau le regard au sien.

— Te tourner le dos est la chose la plus cruelle que j'aie jamais faite, et je sais que je suis impardonnable. Cette nuit-là… La façon dont tu m'as regardé… J'avais rêvé de toi me regardant de cette façon pendant si longtemps… Tu as raison, j'ai peur des sentiments. Je suis comme un enfant piégé dans un corps d'homme. Après cette aventure, je me suis donné beaucoup de mal pour t'empêcher de reprendre contact avec moi. Je me répétais jusqu'à m'en convaincre que j'agissais ainsi parce que je t'en voulais de m'avoir utilisé, de m'avoir snobé pendant toutes ces années et de n'avoir voulu de moi que pour pouvoir sauver Justin. La vérité est beaucoup plus simple, tu m'avais envoûté. Tu es ma seule faiblesse, *querida*, tu es mon talon d'Achille. Et, malgré tous mes efforts, je ne pouvais pas m'empêcher de penser à toi.

Il effleura ses lèvres du bout des doigts.

— J'étais ton premier, et tu étais ma dernière. Il n'y a eu personne d'autre que toi, depuis cette nuit.

Son cœur se mit à faire des bonds dans sa poitrine. Ce n'étaient pas seulement les mots qu'il disait qui la troublaient, mais également la façon dont il les prononçait. La sincérité vibrait dans chacune de ses syllabes.

— Je n'ai pas dormi pendant des semaines, avant le procès. Je savais que tu serais présente, que je te reverrais et que tu me détesterais… À juste titre, d'ailleurs. Je ressentais beaucoup de culpabilité. Je ressentais une envie de vengeance, mais aussi beaucoup de honte. J'avais poussé la situation avec ton frère si loin que j'avais des remords. Dans mes cauchemars, je le voyais, âgé, en prison. Dans ces rêves, tu étais également présente. Tu pleurais en me suppliant de l'aider.

Et puis le jour du procès est arrivé. Je t'ai vue et… Grâce à ta grossesse, je pouvais mettre fin aux poursuites contre ton frère sans perdre la face mais, plus important encore, j'avais le moyen de te lier à moi pour toujours alors j'en ai profité. J'aimerais pouvoir appeler ce comportement de la folie, mais ce serait un mensonge. Je me suis simplement conduit comme un monstre. Toute la nuit, j'ai repensé à cette journée et je me suis demandé ce qui m'avait pris de te traiter de la sorte. J'étais amoureux de toi, mais mes actes n'étaient pas ceux d'un homme amoureux. C'étaient les actes d'un homme sans scrupule. Le véritable amour est venu plus tard, et il a grandi en moi. Chaque jour, il devenait plus profond. Malheureusement, les démons qui ont vécu avec moi pendant si longtemps étaient encore présents. J'ai essayé d'oublier mes actes. Sans succès, hélas. Il est impossible de les oublier et, au fond de moi, je n'ai jamais cru que tu pourrais me pardonner. Alors, quand tu as fui en Angleterre, chez ton frère… *Querida*, c'est à ce moment-là que j'ai réalisé le pouvoir que tu avais sur moi.

Il se redressa et passa une main sur son visage.

— Tu avais raison de dire que j'avais enfermé mon cœur dans de la glace. Le problème, c'est que je ne sais pas comment me conduire autrement. Mais je dois apprendre, pour le bien de Benjamin, je le sais.

Un petit sourire triste se dessina sur ses lèvres.

— Je suis persuadé que Benjamin parviendra à faire fondre la glace, tout comme sa mère.

Il ferma les yeux. Quand il les rouvrit, elle ne vit que de la douleur et des regrets dans ses prunelles profondes.

— Te perdre… C'est la plus grande douleur que j'ai jamais connue, et il n'y a rien que je puisse faire pour l'arrêter. Je dois trouver un moyen de vivre avec elle et de l'accepter comme une punition. Quand je partirai d'ici, je jetterai à la poubelle le dossier d'accusation de ton frère et je demanderai à mon avocat de te contacter. Tu lui donneras tes conditions pour le divorce et la garde de Benjamin.

Il s'interrompit et lui adressa un sourire triste.

— Tu pensais que c'était moi qui détenais le pouvoir dans notre mariage ? La vérité, c'est que c'est toi, *querida*. Tu possèdes un pouvoir total sur moi, et je veux que tu saches que les mois de notre mariage ont été les meilleurs de toute ma vie. Tu es une femme incroyable et, jusqu'au jour de ma mort, jamais je ne me pardonnerai la douleur que je t'ai causée.

Les battements de son cœur étaient si rapides qu'elle avait le vertige, tout à coup. Sa tête tournait.

Tout ce temps… Toutes ces années…

Quand il se leva, elle le suivit des yeux et le regarda se diriger vers la porte, un millier de pensées emplissant sa tête.

Pendant tout ce temps…

Des instantanés surgirent dans son esprit, l'un après l'autre, comme une bobine de film. Ce regard entre eux le jour de son vingt et unième anniversaire. Le frisson et la terreur qu'elle avait ressentis entre ses bras, lorsqu'ils avaient dansé. La joie sur son visage quand il l'avait repérée lors de sa fête. L'inquiétude quand elle l'avait fui. Sa tendresse, à l'enterrement de sa mère. Le désir, gravé sur son visage, juste avant que leurs lèvres s'unissent pour la première fois. Sa colère froide, au tribunal. Le triomphe, quand elle avait accepté de l'épouser. L'éclair de panique quand il avait compris que la naissance était imminente. Ses tendres encouragements tout au long de l'accouchement. Le tourbillon de fierté, de soulagement et de bonheur qui avait illuminé son visage lorsqu'il avait tenu leur fils dans ses bras pour la première fois… L'amour était présent dans chacune de ces images, l'amour qu'il éprouvait pour elle.

Et dire qu'elle avait fui…

Fuir avait été sa seule option, mais pas pour les raisons qu'elle avait annoncées. Alejandro ne l'aurait jamais trompée. Il n'aurait jamais menti, pas sciemment en tout cas. Fuir avait cependant été une bonne chose car Alejandro, à l'époque, n'avait pas été capable d'ouvrir complètement son cœur à cause de ces monstres qui l'avaient tourmenté pendant si longtemps. Aujourd'hui, il les avait acceptés et il parviendrait à les bannir. Il le ferait pour elle et leur fils.

Il l'aimait. Il l'aimait vraiment.

Et elle l'aimait, plus que tout au monde.

Ses sentiments pour lui avaient toujours été intenses, presque terrifiants mais, quand la bobine d'images devant ses yeux s'effaça et que son regard se posa sur l'homme de chair et de sang qui venait de lui ouvrir son âme, elle sentit son cœur s'épanouir comme une rose géante et pour la première fois elle comprit que toutes ses peurs avaient disparu.

— Attends, cria-t-elle au moment où il posa la main sur la poignée de la porte.

Les muscles de son dos se tendirent, et il se figea.

— Combien de temps devrons-nous attendre avant que le divorce soit prononcé ?

— À Monte Cleure, le divorce est autorisé après un an de mariage.

— Une période de séparation est-elle nécessaire ?

— Non.

— Nous pouvons donc divorcer dans cinq mois ?

Il répondit d'un geste de la tête.

— Et nous pourrons nous remarier immédiatement après ?

À ces mots, il s'arrêta net.

— J'aimerais me marier dans un endroit plus agréable que le palais de justice de Monte Cleure, reprit-elle aussitôt pour éviter qu'il panique. Et dans une église. J'adorerais aussi porter une belle robe blanche et partir en lune de miel.

Sa bouche bougea, mais aucun mot n'en sortit.

— Je suppose que je vais devoir laisser mon père me conduire à l'autel. À moins que tu ne sois d'accord pour que Justin le fasse.

Nerveuse, elle retint son souffle en attendant qu'il réponde.

Visiblement ému, il tenta de s'éclaircir la gorge plusieurs fois.

— Non. Ton père devra le faire car Justin sera mon témoin.

Pendant un long moment, ni l'un ni l'autre ne dit rien, pas verbalement en tout cas. Leurs yeux, cependant… Elle pouvait sentir les émotions qui inondaient Alejandro aussi vivement qu'elle pouvait sentir celles qui l'inondaient, elle. Des émotions chaudes et joyeuses qui s'insinuaient dans chacune des fissures de son cœur.

Soudain, il bougea. En trois longues enjambées, il la rejoignit pour la prendre dans ses bras et la serrer jusqu'à l'étouffer. Quand sa bouche trouva la sienne, il l'embarqua dans le baiser le plus passionné qu'elle ait jamais connu, et elle s'accrocha à lui.

— Je t'aime, murmura-t-elle lorsqu'il rompit enfin leur étreinte. Je t'aime plus que tout.

Il prit son visage dans ses mains et se noya dans ses prunelles.

— Je t'aime parce que, quand tu ne te conduis pas comme un salaud, tu es un homme merveilleux, et tu me fais vibrer de la tête aux pieds.

Il la regarda avec émerveillement.

— Tu es toute ma vie, tu le sais ?

Oui, elle le savait.

— Et tu es à moi.

Il l'embrassa.

— Je t'aime.

Elle l'embrassa en retour.

— Je t'aimerai jusqu'à mon dernier souffle.

Épilogue

Les pierres blanches de la cathédrale brillaient de mille feux sous le soleil. Avec l'aide de son père, elle sortit de la limousine en faisant attention à ne pas trébucher sur la traîne de sa robe de mariée couleur ivoire. Camila, vêtue d'une robe de demoiselle d'honneur bleu pâle, était sur le parvis avec Benjamin et sa fille, Ava, attendant le signal pour entrer.

Son divorce, deux semaines plus tôt, avait fait la une des tabloïds espagnols et avait été le sujet le plus populaire sur les réseaux sociaux. Son remariage, le même jour avec le même homme, le surpasserait sans doute en termes de couverture médiatique. Il faudrait d'ailleurs qu'elle achète quelques exemplaires des journaux pour les montrer un jour à ses petits-enfants.

Voilà, le moment était venu.

Elle prit le bras de son père et déposa un baiser sur sa joue. Ce dernier était un homme infidèle, mais il était avant tout son père et, avec un peu de chance, peut-être pourrait-il évoluer. Après tout, si son frère pouvait changer de vie, alors n'importe qui le pouvait.

Justement, son frère était là, juste à côté du marié.

Le chemin jusqu'au pardon s'était avéré étonnamment facile. Alejandro étant Alejandro, quand il avait un but, il ne s'arrêtait pas avant de l'avoir atteint. Justin et Alejandro ne retrouveraient jamais l'amitié qu'ils avaient partagée autrefois, et tant mieux, mais ils partageaient à nouveau une amitié, et rien ne pouvait lui faire plus plaisir.

En remontant l'allée, elle fit un signe de la main à Louise, la fiancée enceinte de Justin, et sentit aussitôt un coup de pied dans son ventre. Émue, elle posa la main dessus, et le bébé donna un autre coup.

Heureuse comme elle ne l'avait jamais été, elle avança vers Alejandro et, dès qu'elle se trouva à côté de lui, elle oublia toutes les convenances. Elle lui prit la main et la posa sur son ventre pour que l'homme qu'elle aimait puisse, lui aussi, sentir leur enfant donner un coup de pied pour la première fois, le premier jour de leur nouvelle vie.

Retrouvez prochainement,
dans votre collection

AZUR

Le cheikh aux deux secrets, de Marcella Bell - N°4565

Que dire à un prince qui vous demande en mariage dès la première rencontre ? Rita a beau être une talentueuse ingénieure, elle n'en a aucune idée. Pourtant, parce qu'il s'agira, entre Jahangir et elle, d'une union de convenance lui garantissant une fabuleuse opportunité professionnelle, elle accepte de le suivre dans son royaume du désert. Et bientôt, dans ce cadre enchanteur, elle découvre entre les bras de Jag la passion – et ses conséquences…

Un bébé royal, de Jadesola James - N°4566

Kemi est une princesse, la fille gâtée de l'Oba de Gbale. Mais cette vie privilégiée a un coût : celui de sa liberté… Alors qu'elle échappe un soir à la vigilance de ses gardes du corps, elle rencontre un homme envoûtant. D'un seul regard, Luke Ibru la séduit. Un baiser brûlant, et il la conduit à partager avec lui une nuit de passion. Une nuit qui se solde par une conséquence royale : bientôt, Kemi se découvre enceinte de son mystérieux amant…

L'enfant d'un ténébreux milliardaire, de Heidi Rice - N°4567

Jack Wolfe incarne tout ce que Katherine déteste : arrogant et impitoyable, le ténébreux milliardaire n'hésite pas à user de son pouvoir. Hélas, bouleversée par les émotions et le désir qu'il fait naître en elle, Katherine succombe à cet homme au lieu de le fuir. Pire encore, sitôt qu'elle révèle à Jack qu'un enfant naîtra bientôt de leur nuit passionnée, celui-ci lui propose un mariage de convenance…

Le retour de Valentin Silvera, de Jackie Ashenden - N°4568

Voilà quinze ans que tout le monde me croit mort. Si j'ai disparu pour échapper à la tyrannie familiale, je suis prêt aujourd'hui à revendiquer mon nom, Valentin Silvera, et l'héritage qui m'est dû. Parmi ce qui m'a été arraché, mon bien le plus précieux n'est autre que la délicate Olivia Wintergreen, mon amour de jeunesse et l'actuelle fiancée de mon détestable frère jumeau. Or j'en fais le serment : cette femme que je n'ai jamais oubliée sera bientôt mon épouse…

La comtesse de Venise, de Kate Hardy - N°4569

Bien qu'elle soit une comtesse vénitienne, Serafina Ardizzone est ruinée. Comment dès lors empêcher le *palazzo* dont elle est l'héritière de tomber en ruine ? Résolue à sauver ce joyau familial, elle demande au célèbre architecte Gianni Leto de le restaurer. Pour le convaincre de prendre en main ce projet d'envergure, elle n'hésite pas à l'inviter à passer chez elle une semaine. Sept jours et sept nuits inoubliables en Italie…

Le prince de la Saint-Valentin, de Cara Colter - N°4570

Erin n'a qu'une envie : se réfugier seule au *Snow Daze*, le chalet montagnard où elle a vécu tant de moments heureux. Là, elle l'espère, elle pourra se remettre de l'abandon de son fiancé. Mais une tempête de neige fait rage dehors, et la voilà contrainte d'offrir l'hospitalité à un skieur imprudent. Un homme d'une beauté renversante avec lequel elle passe la nuit… Quelle n'est pas sa stupeur de découvrir le lendemain que son amant, Valentino de Oscaro, est un prince !

La belle et le millionnaire, de Rachael Stewart - N°4571

Tandis qu'elle débarque sur la plus belle des îles grecques, Catherine retient son souffle. La crique nichée au pied d'une falaise blanche tranche avec le bleu de la mer… et c'est là, dans ce cadre enchanteur, qu'elle va passer un mois ! Quel meilleur endroit pour oublier la pression qu'elle subit à Hollywood ? Seule ombre au tableau : le propriétaire des lieux, Alaric de Vere, loin d'être impressionné par ses allures de star, la considère plutôt comme une intruse…

Libre d'aimer, de Pippa Roscoe - N°4572

SÉRIE : *LE ROYAUME DE SVARDIA* - 2/3

La princesse Marit a toujours été la rebelle de la famille, et elle apprend avec désespoir qu'elle doit maintenant jouer un rôle de premier plan au palais de Svardia. Dans une ultime révolte, elle s'enfuit à Paris. Hélas, Lykos Livas, envoyé par le roi lui-même, l'y retrouve sans tarder ! Avant de la ramener dans le droit chemin, cet homme mystérieux accepte toutefois de l'escorter pendant quelques jours pour une escapade en Europe. Une folle parenthèse où se mêleront bientôt liberté et passion…

Le baiser d'un play-boy,
de Carol Marinelli - N°4573

SÉRIE : *LES BEAUTÉS DE SICILE* - 2/2

En raison de son douloureux passé d'orpheline, Béatrice a érigé une muraille autour de son cœur. Pas question pour elle de souffrir à nouveau : sa vie est désormais centrée sur son travail de conseillère spéciale de Son Altesse Royale Julius de Bellanisia. Une tâche loin d'être facile ! Chargée de redorer l'image du prince avant que celui-ci devienne roi, la voilà contrainte de côtoyer ce play-boy invétéré jour et nuit, tout en résistant au charme qu'il exerce sur elle…

L'honneur d'un Australien, de Kelly Hunter - N°4574

Sept ans plus tôt, Judah Blake s'est accusé d'un crime qu'il n'avait pas commis pour innocenter la douce Bridie. Aujourd'hui qu'il est de retour chez lui, dans l'Outback australien, il est bien décidé à retrouver sa vie – ou ce qu'il en reste. Peu importe qu'il ait été pendant un temps considéré comme un paria, ses milliards ont suffi à redorer son image. Et c'est fort de cette aura de puissance qu'il compte revendiquer ce qui lui revient de droit : ses terres, dont il a été injustement spolié par la femme qui a ruiné sa vie…

L'ivresse d'une nuit, de Kate Hewitt - N°4575

Abigail est stupéfaite. Devant elle se tient l'homme dans les bras duquel elle s'est abandonnée, six mois plus tôt, alors qu'elle se trouvait à Paris pour une série de concerts. Un homme qui l'a quittée au petit matin, sans même avoir la courtoisie de lui donner son nom. Malgré l'émotion qu'elle ressent en revoyant son amant d'une nuit, Abigail se jure aussitôt de résister, cette fois, à son charme ensorcelant. Pas question de le laisser la blesser de nouveau. Mais bientôt un doute s'impose à elle : et si cette deuxième rencontre n'était pas seulement le fruit du hasard ?